"美少年侦探团"系列

D坂的美少年

〔日〕**西尾维新** 著

张静乔 译

人民文学出版社

PEOPLE'S LITERATURE PUBLISHING HOUSE

著作权合同登记号　图字 01-2023-3918

D-ZAKA NO BISHOUNEN
© NISIOISIN，2017.
All rights reserved.
Original Japanese edition published by KODANSHA LTD.
　Publication rights for Simplifed Chinese character edition arranged with KODANSHA LTD.
　through KODANSHA BEIJING CULTURE LTD. Beijing, China

图书在版编目(CIP)数据

D坂的美少年 / (日)西尾维新著；张静乔译.
北京 : 人民文学出版社，2024. -- ("美少年侦探团"
系列). -- ISBN 978-7-02-018867-3
　Ⅰ. I313.45
中国国家版本馆 CIP 数据核字第 2024QW2739 号

责任编辑　卜艳冰　曹敬雅　任　柳
装帧设计　钱　珺

出版发行　人民文学出版社
社　　址　北京市朝内大街 166 号
邮　　编　100705

印　　刷　山东临沂新华印刷物流集团有限责任公司
经　　销　全国新华书店等

字　　数　90 千字
开　　本　787 毫米×1092 毫米　1/32
印　　张　6.125
版　　次　2024 年 9 月北京第 1 版
印　　次　2024 年 9 月第 1 次印刷

书　　号　978-7-02-018867-3
定　　价　39.00 元

如有印装质量问题，请与本社图书销售中心调换。电话:010-65233595

美少年侦探团团规：

1. 必须美丽
2. 必须是少年
3. 必须是侦探

袋井满

咲口长广

双头院学

0. 前言

"民主是最坏的政府形式——除了其他所有不断地被试验过的政府形式之外。"

这是第二次世界大战期间的英国政治家温斯顿·丘吉尔的名言。在故事开头引用此句需要一些勇气，因为本人，初中二年级的瞳岛眉美，是个只会死记硬背的人，在不了解对方有什么样的政治思想的情况下，就胡乱引用的名言，可能会表达出与我所想并不相同乃至不堪的意思来，对于这种可能性，我不能说我不害怕。

实际上，这是常有的事。

经常看到，有人把"笔比剑强"这句著名的格言当成座右铭，后来才知道这句话真正的意思是"比起武器，文字能杀死更多的人"——在没弄清这句话的背景和说这句话的人是谁的情况下，引用一句话，实际表达出的意思很有可能就和引用人的本意背道而驰。

恐怖如斯。

至于开头那句关于政治形态的名言，到底是在拐弯抹角地肯定民主主义，还是因为真的认为其是最糟糕的形式所以才说"最坏"，在今天的语境下，很难判断——不，哪怕在当时的环境下，丘吉尔到底是抱着怎样的心情说出这番话的，也没人能够窥知（"我没这样说过""意思完全搞错了"之类的逆转也是有可能的）。

当然，也不能否认这句话还有下文的可能性。另外，很多人在引用时，也可以只摘抄这句话的前半部分——"民主是最坏的政府形式"，这样一来，所有的思考都失去了意义。

然而，正如应该把作者和作品分开思考一般，将名言和说名言的人分开思考的做法同样存在——对于这种讽刺性的说法，我觉得坦率地接受也未尝不可。

喜欢讽刺的人也许是不够高尚的人，却算不上是坏人。语言就是语言，是一种独立的存在。

"叽叽喳喳的吵死了。你就是那种会说'网上的匿名意见全都不可信'的家伙吧？你到底知不知道，匿名选举之前，我有多辛苦？"

你看吧。

没那么坏。

结束寒假的现代"帕诺拉马岛"快乐的艺术体验之后，我在文化方面有了不俗的进步。而这次，我要讲述的是关于选举的故事。

大家是不是差不多快忘了，我们美少年侦探团伟大的副团长咲口长广前辈，其实是指轮学园初中部的学生会会长——这段介绍其实有不少瑕疵。

大家能看明白吗？

初中二年级学生的我管咲口前辈叫"前辈"，也就是说，初中三年级的咲口长广在新年一月的时间点仍在担任学生会会长。面对这种情况，我不得不追问："等等，你的任期到底什么时候结束？"[1]

毕业典礼已经迫在眉睫，但咲口前辈直至今日仍在承担繁重的学生会工作，而包括我在内的指轮学园初中部的学生，在将近半年的时间里都没有察觉到这种异常状态。

1　日本采取三学期制，每年4月到7月为新学年的第一学期，第二学期为9月到12月，第三学期为1月到3月。故事中的时间已进入咲口长广初三的最后一学期，按理早就应该举行选举换届了。

太疏忽了。

从初中一年级开始，咲口长广就担任了学生会会长，至今已连任三年，所有人都觉得他会是永远的学生会会长兼永远的美少年，但事实当然并非如此。最近，大家终于觉察到了这一点——因此，这段时间，大家开始仓促地准备举办选举活动。

选举的目的，是选出下任学生会会长。

以民主的形式。

只不过，这所学校所表现出来的情况，其实也不值得"仓促地准备"——就算是学生会选举，举办起来几乎跟普通竞赛没什么两样。

在这一届的学生会执行部中，始终追随并支持着咲口会长的现任副会长长绳和菜，应该可以直接继任上级职务，成为新会长——虽然就我看来，她是个可怕的同级生，但在大众的评价之中，她是个毫无瑕疵的才女。

此外，能够得到现任会长的推荐这点也至关重要——一旦现任副会长当选会长，咲口会长就会自动当选名誉会长，长绳和菜的选票自然也会有所增加。

然而，对于我这种懒散的人，选举什么的，我提不起兴趣。我能够想到的事情，也只有"在选举期间，美少年侦探团的事务所，也就是美术室，会变得很寂寞"而已。还有就是，"话说，咲口前辈应该不会也辞掉美少年侦探团副团长的职务吧"——无论如何。

无论如何，我，这样的我，我这种人，我这样的人，我这个样子的人，也就是我，怎么会成为"下任学生会会长的候补人选"呢？

瞳岛眉美会长？

你看，民主并不是那么好，对吧？

1. 忧郁的学生会会长

"太糟糕了。"

一走进美术室，也就是美少年侦探团的根据地，前辈（我这样称呼现任学生会会长）就以忧郁却不失"美声长广"美名的优美声线如此说道。

你一个萝莉控，当然是糟糕的啦。我一边吃着不良学生（我如此称呼学园的番长[1]）做的苹果派，一边歪头嘲讽，却被萝莉控狠狠瞪了一眼——请不要迁怒于人啊。

"搞什么，好久都没来露脸，一来就心情这么差啊，会长大人。"

正在为我泡红茶的不良学生暂且停下了手上的动作，问前辈："你也来一杯？"随即高高举起茶壶，还夹杂着玩笑般的动作。

被在美术室之外是对立关系、美术室之内也是水火

1　日语中的"番长"有打架王、学生老大的意思。

不容的天敌后辈如此调侃，副团长端庄的面容扭曲了那么一瞬，最终还是坦率地回应道："我尝尝看。"

红茶的力量如此巨大。

虽说不知道"太糟糕了"指什么，但老实说，我所想的只有"前辈能来真是帮大忙了"。简直太好了。包括我在内的美少年侦探团成员总共六人，但今天放学后，不知怎么回事，来美术室集合的，只有我和不良学生两人——不过没收到召集令，也是会发生这种事情的。

团长是小学部的学生，美腿同学有田径队的活动，天才少年要兼顾家族生意，前辈又为下任学生会会长候选人，即现任副会长的后援活动而忙得不可开交。

这就造成了闲暇的我和闲暇的番长在美术室形成"对子"的局面增多——只不过，无论他做的苹果派多美味，无论他冲泡的红茶多好喝，无论我多么想忽视他"不良"的一面，只看到他"美食小满"的一面，当我们两人在美术室里大眼瞪小眼的时候，我还是会觉得这位仁兄好可怕。

我内心惴惴不安，担心万一突然被这个"强势系"的美少年毫无理由地揍一顿该怎么办，同时又对酥脆的苹果派啧啧称赞，思索着在不会被殴打的前提下再要一杯红茶的方法。

然而，在"不知道会不会突然被揍一顿"的恐惧感中度过的时间绝对舒适不了，就在我害怕得几乎想随便找个"亲人快死掉了"之类的荒唐借口匆匆逃走的时候，前辈出现了。

救世主！

比起不良学生，我感觉萝莉控的伤害性相对小一点儿！

"我才不是什么萝莉控！只不过父母擅自为我定下来的未婚妻恰巧只有六岁而已。"

"是是是。先不说这种惯用的借口了，前辈，你刚刚说什么'太糟糕了'？具体说来我听听。"

"可爱的后辈如此厚颜无耻已经很糟糕了，但还是发生了更糟糕的事。"

前辈如此表示。

"倒也没有心情不好。但这次真的被打败了。"

什么？

对指轮学园初中部进行了约三年的统治、古今中外无人能及的学生会会长居然会说出"被打败了"这种话……而且，居然还有比"可爱的后辈如此厚颜无耻"更糟糕的存在？

搞不好我正在目睹的是什么百年一遇的情况。我是不是该摘下为了抑制"美观眉美"的视力而特别定制的眼镜，好好观察一下？

"真搞不明白。选举活动不是进行得很顺利吗？拉选票的工作差不多也结束了吧？"

不良学生将自己和天敌两人份的茶杯在桌上摆好，同时这样问道。

看似不关心选举形势的走向，与学生会会长水火不容的番长，却知道这些情报。

"嗯，除了小满那伙人的选票，其他选票大致都拉到了。"

"小满那伙人。"

听上去似乎很可爱，但总之就是"不良学生团体"的意思……前辈和不良学生之间针锋相对的争吵从来都是公开的，身为前辈后继者的长绳想必对"小满那伙人"的投票也没什么期待……就选举战略来说，前辈大概一开始就没准备争取这个票仓。

话是这么说，但与隔壁的发饰中学不同，指轮学园初中部并没有多少性格恶劣的学生，所以长绳的当选应该不成问题……不良学生团体的选票对选举结果影响应该不大。

选举这事，人数说了算。

少数人对大局毫无影响。

虽然某种程度上有点儿像踢假球，但成功就是成功。

"也对，少数派的声音是传不过去的。除了长绳，根本没有其他得力的候选人。"

那是当然的。

谁愿意去挑战不管谁上都会输的比赛啊……注定要沦为炮灰的选举，谁想要参加呢？

"嗯，就是关于长绳。"

前辈说道。

长绳成为继任者应该是十拿九稳的事情了吧。

他却摇了摇头说：

"她昨天遭遇车祸，已经住院了。"

2. 长绳和菜

长绳和菜。

二年级 A 班，学号——不知道，总而言之，她是学生会执行部副会长。

人送绰号"雪女"——从好的层面来说。

"雪女"并不是什么可爱的绰号，就算是往好的方面想，也觉得多少有几分辛辣的恶意在其中；但长绳作为一个优等生，对这些毫不在乎，正如她的绰号，她是个性格冷酷的人。

也就是所谓的冷美人。

她似乎是那种瞧不起愚者的人。

或许你们还记得小学部的川池湖泷，她是萝莉控的未婚妻。这个雪女和她的性格差不多——咲口前辈身边全都是恐怖的女子啊！

"才没有这回事，你说话可真难听。"

"但副会长的人选总不是父母擅自决定的吧？她不是

前辈自己选的吗？这下明白了吧，Q.E.D.[1]！"

"你可真是个让人生气的后辈——之所以选她做副会长，是因为她很优秀，跟性格无关。"

跟体温也无关——他如此说。

"第一，真要这么说的话，眉美同学也是我身边的女生。"

"哎哟，看样子你不知道我有多可怕。不良学生，你告诉他！"

"吵死了，揍你哦。"

好可怕。

要被揍一顿了。

"我现在说的可是我同班同学遭遇车祸的事情，你不许开玩笑了。"

惨了，真把他给惹恼了。

就连辩解的余地都没有。

长绳同学头脑好，运动好，有能力，长得美，还手

1　Q.E.D.，拉丁语"quod erat demonstrandum"的缩写，意为"证明完毕"。

握学生会选举胜券，是"人生胜利组"的一员，但我并不嫉妒她，也不觉得遭遇车祸这种事是她活该。竟然在这里开这种玩笑，我真是太不谨慎了，也太欠缺考虑了。

然而，对于率领"不良学生团体"的小满来说，学生会执行部的成员是他的"天敌"。而他却因为对方也是二年级 A 班的同学，就这样真心实意地为她担心，实在太温柔了。

简直是不良之耻。

"都说了不许开玩笑。这就是你的可怕之处。至少在确认过长绳平安无事后再来说笑吧。"

那么认真的家伙之所以会缺席原来是因为这个啊——上课却从不缺席的不良学生恍然大悟般地自言自语道。

"不……不过，既然说是'住院'，那不就意味着没死吗，对吧，前辈？"

胆小的我慌忙确认道。但是，就算没死，也可能遭受终生的伤残。

天啊，简直不能更尴尬！

"求你说'她没什么大碍'吧！就算是为了我！"

"真的不是为了你。为什么我的周围尽是你这种恶劣之人……从这层意义来说,她没什么大碍。"

咲口前辈露出一抹苦笑。

好棒,他笑了。我喜欢你的笑容哦,前辈。

刚刚我曾被咲口前辈说是"身边的女生"之一,因此,哪怕此刻被看作是"恶劣之人",也还是会感觉怪不好意思的。

其实,自从加入美少年侦探团之后,我已经完全习惯了以男装示人的生活,但我并没有完全忘记我本人、作为一个恶劣之人、作为一个女生应有的心理。

"她没有生命危险。住院一个月,就能回来上学了。"

太棒了!

当然,这声"太棒了!"不光是为了缓解我的尴尬,也有希望长绳早日康复的意思……不过,等一下……

确实是发生了不幸的交通事故,即便如此,事态也没到"最糟糕"的程度——应该不算最糟糕啊?

我想都不敢想的那种"最糟糕"的可能性,是长绳死于交通事故,所以说现在的状况已经是不幸中的万幸了——不对。

住院？一个月？

"那选举该怎么办？"

"我说的'最糟糕'指的就是这个。选举没了候选人。大家总不能给不在学校的人投票……这种状况之下，长绳只能退出候选名单了。"

所以咲口前辈才会这么忧郁。所以他才说是"最糟糕"。

短时间内，咲口前辈从后方给予支持的选举活动全都泡汤了……就算没有炮灰候选人，也全都泡汤了。

我不禁同情泛滥。

"又不能说她活该……哎呀哎呀。"

"你一有什么事就忍不住乱讲话是吗？嘴巴闲不住吗？什么叫'又不能说'，你的心理很不健康哦。"

我又招惹不良学生生气了，但这会儿他确认了自己班级同学的身体状况没有大碍后，好像也没那么紧张了。既然如此，我那种战战兢兢的状态也可以解除了。

然而，前辈所说的"最糟糕"，似乎并不是在说，至今为止，他的努力全都泡汤了的意思——优秀的学生会会长的视线投向的是未来，而非过去。

"长绳退出候选人名单，政权就必须交替了。这才是最糟糕的。"

政权交替？真是夸大其词。

虽然夸张，但这种说法确实一针见血。

被前辈视作继任者的长绳不得已退出候选人名单，于是，迄今为止被视作炮灰的其他候选人——那些在不良学生看来算不上"得力候选人"的候选人，可就全都冒出来了。

如雨后春笋般冒出来。也就是说……

"对哦……有咲口前辈做后台的候选人没了，下一届你也就做不成傀儡政权了。前辈的名誉会长之梦也实现不了了。"

"如果把'后台'这种表现形式、'傀儡政权'这种说法、'名誉会长之梦'这种偏见都撇到一边不谈，可以说，就是这么回事。"

"不过这也没办法吧？执着于权力可不好。你的时代不是永恒的，一切都结束了。不说这些了，咱们为长绳没什么大碍而高兴吧。"

试图为自己刚才的失态挽回颜面的我正准备欢呼雀

跃，一向作为反权力象征的不良学生却在这时候发言：
"眉美，长广不是这个意思。"

什么，我居然被指正了！

我还以为自己会被斥责呢。

"这个萝莉控不是因为自己失去权力才忧郁的，他忧郁的点，是其他人会成为学生会会长。"

啥意思，有什么区别吗？

"真搞不懂，学生会会长谁来做不都一样？"

"当着现任学生会会长的面要谨言慎行哦，眉美同学。"

"关键在于，除了被长广所看重的长绳，其他人当上学生会会长，都不可能得到学园方面的平等对待。学生会对学园方面言听计从的未来画面，你应该看得到吧。"

啊！原来是这么回事。

那你一开始就这样说不就好了！

正如之前好几次提及的那样，曾经重视自由和自主性的指轮学园，正逐年朝着拘束学生的效率型校风转变……受其影响，甚至有老师被学校开除，艺术类的课程和文化社团活动也不断被削减。

　　眼前这间被我们布置得很舒适的美术室——有带顶棚的豪华大床、奢华的沙发、漂亮的桌子，甚至天花板上还有一幅天顶画——因为学园的课程变更而成了荒废的空教室，所以才有可能变成美少年侦探团的根据地。

　　我们实际上是钻了空子，所以对于这种课程的变化也就无法一概加以反对。不过针对学园的举动，还是有人在积极收集学生意见的。这些人就是现任学生会执行部，或者称之为"咲口政权"。

　　"咲口政权"没有单纯地反对学园政策，也没有委曲求全，他们时而拖延，时而进击，巧妙地与学园方面展开周旋——就这样博弈了三年。

　　对学园而言，咲口前辈既是值得信赖的学生会会长，同时也是烦恼的种子——身为学校形象代言人的他，同时也始终是学生的代言人。

　　而站在前辈的立场，他当然希望在自己换届之后，将这种体制——学园与学生的平衡状态保持下去，因而他大力支持长绳副会长继任，但计划因交通事故而土崩瓦解。

　　真是太糟糕了，简直不能更糟糕了。

不仅对于前辈和长绳而言很糟糕，对指轮学园初中部的全体学生而言都是糟糕的——如此，校风从此就会任由学园操控了。

除了直属的后辈，根本没有其他人具备与咲口长广同样的能力。所谓"政权交替"，在这里等同于"政权垮台"。这种说法很晦涩，但指轮学园将不再是自由之地，而是会变作被束缚的治安区。

"没错，长绳本人也很失落。比起交通事故，不得不退出候选人名单一事更让她意志消沉。"

"唉，那个雪女会意志消沉？"

"完全看不出你有反省的迹象嘛。不许兴奋。"

冲击性实在太大了。不过也就丁点儿大的事吧。

但这样一来，就没办法置身事外了。

毫无疑问，我也是指轮学园初中部的学生，对于萝莉控的烦恼可不能一笑而过。

必须搞出个方案来。必须提炼个计划出来。

"把学生会执行部的其他成员立为候选人不就好了？就算副会长不行，书记、会计之类的，学生会执行部不是还有其他优秀的人才吗？"

虽说相比冷静伶俐的副会长，其他成员的知名度远远不够（事实上，我连他们的名字都不知道），但只要现任会长咲口给他们做后台，愿意支持他们的学生应该也不在少数。

"这种投票形式会破坏政治的。不看候选人，只看党派，不就是'只见森林不见木'嘛。"

不良学生按照惯例讽刺了一通。

嗯，总之政治是最容易讽刺的东西……嗯嗯，相比担心住院同学的不良学生，我还是比较喜欢这个样子的不良学生。

我并不是在嫉妒！

然而，对我所提出的、任谁都能想到的提案，前辈只是表示"万不得已的时候也只能这样了，但不能强人所难"，一副提不起兴趣的模样。

哎呀。

自己的意见被否定后很不爽的我，原本很担心对方的我，还是问了一句："这又是什么意思？"

"强人所难是什么意思？执行部的成员们绝对会服从前辈的命令的吧？"

"注意你的说话方式。"

一阵短促的怒气。

明明是在矫正我的性格，别这么节省话语行不行？

"就是因为这样才强人所难，眉美同学。这些人都是抱有志向才加入执行部的学生，不用我多说什么，他们或许都会想要参选。只不过，万一他们在成为学生会会长候选人之后……"

前辈在叹息中说道：

"再次遭遇交通事故的话，我就无颜面对他们了……"

3. D坂的交通事故

美少年都说无颜面对众人，这着实过分了些，但无论如何，这番发言都让人不禁怀疑自己的耳朵——万一再次遭遇交通事故？

"再次"？

喂喂，他难道是说长绳刚当上下任学生会会长候选人，就遭遇了交通事故，是一种必然事件？

真有这回事？

为了取消候选人的资格，某人故意开车撞了长绳……

"别蠢了，区区一场初中学生会选举而已——话也没法这样说。想想运营指轮学园的指轮财团做的事吧。"

确实如此。

在这家学园上学的学生中，不乏豪门少爷和富家千金，"区区一场初中学生会选举"，也不乏权利纠葛。

这绝对不夸张。

事实上，因为前辈当选学生会会长，学园方面所提出的运营方针都不得不有所变动——换算成金钱的话，数额应该蛮大的吧。

换言之，就是蒙受了损失。

即便如此，就此认定是讨厌现行体制的人撞了身为该体制后继者的长绳，也过于武断了，或者说有点儿阴谋论的味道。

"撞长绳的司机是什么人？"

"早就逃逸了。当然报了警，但还没抓到犯人。"

这不是加深了事态可疑程度的情报吗？

肇事逃逸……

老实说，我跟身为A班优等生的长绳的接触几乎为零（也就是在走廊上擦肩而过，被轻视了好几次的程度），即便听说她因遭遇交通事故而退出候选人名单，最多也就只会有"过分同情的话未免太做作了！"的情绪，然后与此事保持适当距离；但如果这次的交通事故是肇事逃逸，并且还是有计划的肇事逃逸，就是另外一回事了。

恶劣之人也是有侠义心的。

但这也很难从常识上去考虑……哪怕其中有莫大的权利纠葛，也不应该开车去撞女中学生吧？哪怕她被称为"雪女"，实际上也只是个处于青春期的十五岁左右的孩子啊！

"没有目击者吗？只要能锁定犯人……"

"非常遗憾，交通事故发生在D坂。"

D坂。

听上去确实是个让人不太舒服的名称，其实没什么特别的含义，就是指轮学园周围的四个坂坡之一，"A坂、B坂、C坂、D坂"的D坂而已。

以来往人数的多少排序，A坂人数最多。

换言之，D坂是附近最没人气的坂坡。

嗯，谁让那条路临近发饰中学，D坂也就成了让人敬而远之的放学路，但强势的雪女应该不会刻意避开那条路吧……结果才会适得其反？

不，尚未弄清究竟是偶然因素造就了没有目击者，还是瞄准了没有目击者的时间才开车撞人的。

"啊，但身为当事人的长绳应该记得的吧？比如是被什么样的车撞到的……"

"她好像不太记得事故当时的情况了……住院并恢复意识之后，记忆好像还没完全恢复。"

虽然不像优秀的继任者该有的姿态，但这也难怪。所谓"恢复意识"，代表着之前曾失去意识，被撞得失忆也是正常的。

"我没有责备她的意思。"

"你好意思责备正在住院的女生吗？"

好恐怖的家伙——不良学生如此评价。

番长居然觉得我恐怖。我还真不是等闲之辈。

总而言之，虽然现阶段尚无法轻易断定真相，但既然现实中存在这种顾虑，前辈也就无法轻易找到可以替代长绳成为继承人的人了对吧——嗯。

"但这样真的好吗，前辈？这样一来不就等同于屈服于卑劣的敌人了？"

"敌人，嗯，如果真有这种势力存在的话。"

"如果没有，现在就退缩简直跟傻瓜没区别；如果有，就更不应该因为这种威胁而退缩。执行部的成员们肯定会不顾危险地争当候选人的。"

如果是我，肯定会这样做！

义愤填膺之下，我拍起了桌子。

这就叫感情用事。

现任学生会会长咲口长广一边说着"我就知道你一定会这样说的，眉美同学"，一边以一种正合我意的神情点了点头——仿佛之前的对话都是假装出来的一样。

仿佛刚才的一切既不是抱怨也不是对话，而是话术。

仿佛一直以来不过一场政治性权谋欺诈。

"所以，有件事想要拜托眉美同学——这是美少年侦探团的任务，由副团长指派。"

搞什么鬼？

4. 卧底候选人

"不不不不，绝对不行！你就饶了我吧前辈！这只是因为我是你完全值得信赖的后辈，这个时候你想要依靠我的心情我完全能够理解！"

"不，说到让我觉得就算被车撞也无所谓的后辈的话，在我认识的低年级学生中，我能想到的也只有你了。"

"确实没错，对其他人可不能这样做。但如果是眉美的话，就算搞到最后因为阴谋而被车撞，也能被说一句'太棒了'。"

学生会会长和番长轮流说出了相当过分的话。原来我是被车撞的时候也能被人说一句"太棒了"的家伙啊。

都怪我平常的行为太恶劣了。这家伙，也就是我，平常都做了些什么啊！

"就算被车撞让人觉得无所谓的家伙可不常见哦。"

"不对，这种人当然一个都不能有。"

不过，正因为这是我，他们才会这样说……我这种人怎么能被任命为学生会会长？

"学生会会长不是谁来做都一样吗？"

开始找碴儿了。

让美腿同学来做嘛。

哎呀，我似乎没有演讲名家的嘴皮子利索。不管了，就当我把对方给驳倒了好了，我要回家了。

话不能这样说。

如果是半年前那个在天台上寻找"看不见的星星"的我，被拜托要做这种事的话，我一定不会老老实实照做，不管学园的运营方针什么样，都跟明年就要毕业的我无关。削减艺术文化课也好，废除体育课也罢，或许我都会说"那也行吧"，或许我会若无其事地表示理解……但现在的我可是在现代的帕诺拉马岛上，接受过前美术教师，即永久井声子老师的课外授业的人……并且身为美少年侦探团的一员，必须这样说一句——

对方的立场一点儿都不美。

我并没说出"恕我不能奉陪"，而是冲不良学生一直说："再来一杯，再来一杯！"并向他展示喝空的杯子。

"好好，满上。"

意外地押上韵了[1]。

先不管这个。

"就算被车撞也没什么大不了的。但实际问题是，我觉得自己做不到。"

"你到底是什么人啊。"

"被车撞是我活着的意义，做学生会会长就是另外一回事了。就算我成了候选人，到底有谁会投票给我？我听是听说过'Underdog 效应'[2]啦，至于'不可救药的恶劣之人效应'，恕我孤陋寡闻。"

"你自我贬低过头了。"

前辈简直惊呆了。

"你是恶劣之人没错，却没到'不可救药'的程度。"

好棒！被表扬了！

不对！明明是被确认为恶劣之人了！

---

1 "再来一杯"日语发音为"okawari"，"满上"日语发音为"oagari"，两个词语在日语中押韵。
2 即"劣势者效应"，指当一个人或团体处于劣势时，反而能够获得更多的支持的现象。

“没问题的。有我的正式推荐，你至少也能拿个最低限度的票数，绝对不会发生一票都拉不到的奇耻大辱。”

“我倒没在担心自己一票都拉不到就是了……”

你以为性格恶劣的我就得不到任何支持了吗？我在班里也是有朋友的——虽然是只在学校才见面的朋友。

“但前辈，这事又不是我不出丑就行了。我可不是个自私自利的人，一旦做了候选人就会认真拼命当选，让这个学园变得更好的。”

“立刻就进入选举演说模式了啊，你也太容易上当了吧。假如真让你这种人当选，你应该立刻就会对大人们言听计从，变成乖乖听话的学生会会长吧。”

这个不良分子搞什么鬼，居然起哄。

他到底是敌是友？

“这倒不必担心。真到了那种地步，我的傀儡政权……咳咳咳。”

“咳咳咳？”

“美声长广”怎么咳成这样，是喉咙痛吗？

“无须担心，身为执行部成员的长绳在出院之后，肯定会全力辅佐眉美同学的。”

意思是说，雪女会成为我的部下？

听起来这份工作有些棘手啊！

"这可麻烦了，让 A 班的学生服从我这种事，我这种懂得分寸的人可做不出来……不良学生，我想带苹果派回家，再给我做一个打包好不好？"

"我也是 A 班的学生哦。"

对哦，不良学生和雪女是同班同学。

嗯，现在就考虑当选后的事情未免为时过早……如意算盘打太早了。不过就是傀儡政权罢了，候选人也只是拿来装点门面，为此烦恼也没什么意义。

"不过，我还是觉得自己大材小用了。来吧！我把'大材小用'给用错地方了，随你怎么吐槽好了！"

"你的'不足之处'可不是'能力'。"[1]

我想听到的可不是这种吐槽。

"既然话都说到这个份儿上了，那不良学生去做候选人嘛。身为番长，肯定会有人支持你的吧？你活着的意

---

1 "大材小用"的日语原文写作"役不足"，在日语中同时有"大材小用"和"能力不足"两方面的意思。这两句对话是眉美和不良学生用同样写法的词组玩的语言梗。

义跟我一样，不都是被车撞吗？"

"只有你能想到这种方案吧。长广做我的支持者这种事，到底谁会信？"

啊，对哦。这点倒是很有说服力……话虽如此，在没有咲口前辈支持的情况下，"小满那伙人"不过是少数派，能获得的选票数完全没法让人放心。

"首先，我就不会投票给你这种眼神、态度和性格全都恶劣的坏小孩……"

"要我把你从这边的窗口给扔出去吗？"

这里可是四楼哦！

"在英国的话，这里只算是三楼。"[1]

但就算从三楼被扔出窗户也会死啊。

"那么，那个，要不考虑一下美腿同学或者天才少年……"

说着说着，我不得不承认这种办法根本行不通……说到底，美少年侦探团的成员们在美术室之外根本毫无

---

1 英国将一楼称作"底楼"（Ground Floor），二楼称作"一楼"（First Floor），以此类推。

交集。

学生会会长和番长的对立局面自不必说，美腿同学和天才少年也跟学生会执行部保持着距离。

田径队的一年级王牌如果成为学生会会长候选人，运动部联盟肯定会出面阻止的；想到学生与理事会……乃至与指轮财团之间的纠葛，身为财团小少爷的天才少年成为候选人，肯定也不会给人留下什么好印象。就算没有这些嫌隙，我也不认为那位年轻的艺术家会愿意从事政治活动。

不良学生、美腿同学和天才少年的名头全都过分响亮，怎么想都不可能变成"咲口长广的继任者"。

搞什么，除了无名之辈的我，几年级几班都没人知道的我，女扮男装的我，居然没人能替代长绳……

"啊，对了，还有团长……好吧，当我什么都没说。"

我竟然提议让美少年侦探团的团长双头院学去承担可能会被车撞的使命——在学生会会长和番长忠心耿耿的注视之下，我自动撤回了这个愚蠢的提案。

"让我去被车撞好了。只不过，请你们务必查明D坂肇事逃逸犯的真实身份。"

"真是又恶劣又卑微。无可救药了。"

不过"D坂肇事逃逸犯"这个名称不错——不良学生如此评价道。

"你不会被车撞的。我们会好好保护你的。"

"居然试图施恩于我,你们到底有什么企图?"

"你这家伙到底是多没保护价值啊!"

"丑话说在前面,救我小命这种程度的事,可不值得我感恩哦!"

"你还是感恩吧,到底是一条命啊!"

无论用什么方式,小学生团长都不可能成为初中部学生会选举的候选人。

前辈或许在同年级的初三学生中有一两个可以托付危险事宜的朋友。可惜此事事关下任学生会会长的候选人,只能从后辈之中寻找。

综上所述,美少年侦探团这次有两项任务。

① 让我当选。(这是当然的啦)

② 查明"D坂肇事逃逸犯"的真实身份。(如果这个人存在的话)

先不管所谓的肇事逃逸犯存不存在,怎么想都是①

比较困难对吧？这样一来，就不得不再次发掘我的魅力了。

"再次发掘？说得好像跟发掘过一次似的……"

在不良学生煞有其事的低语中，本日的茶会宣告结束。

5. 选举战略

　　第二天清晨，准确来说是凌晨，我接到召集令前往美术室时（我的男性制服口袋里装着侦探团配给的、类似来电专用、附带 GPS 功能的儿童手机，无论何时何地，美少年们都可以向我发起召集令），以让我当选学生会会长为目标的选举工作人员已全员到齐。

　　换言之，美少年侦探团全员到齐。

　　"哈哈哈！我都听说了眉美同学！你的献身精神简直可以用美丽来形容。为了长广忠实的下属，为了学园，你竟然毛遂自荐，哎呀，当时让你加入了美少年侦探团真是太正确了，我果然拥有无与伦比的发现美的眼光！不，无与伦比的其实是你的眼睛吧，'美观眉美'？"

　　团长好吵哦。

　　不要拥抱我啦。

　　其他成员都用饱含杀意的眼神看着我呢。

　　"当然，虽然我力所不能及，但也会全力以赴地支持你的青云之志，助你一臂之力！但如果是你的话，大概会这么说吧——'团长，不是青云之志，而是星云之志'！"

"别这样说……"

哎呀。

一旦对团长的意见加以否定，其他四人看向我的视线就无比尖锐。

我明明隶属这种独裁体制的集团，却要参加民主选举，想想就觉得荒唐，可惜已经上了贼船就很难下船了。

小学五年级（小五郎）的团长还真是"力所不能及"，毕竟他连投票权都没有，但先把他的心意给收下吧。

并且仅限美丽的心意。

"小眉美，你务必要把'禁止女生穿黑丝'写进选举宣言！这样我就会支持你的。"

美腿同学，即无论多冷的天气都只穿短裤的足利飙太举起手，为了好玩似的说出了这样一句话——这是需要举手才能说的话吗。既然如此，干脆像排舞[1]那样举脚

1　排舞（Line Dance）：一项音乐和固定舞步融合在一起，一人或多人通过风格各异的舞步循环，来愉悦身心的国际性体育运动。

发言得了。

指轮学园初中部的女生穿黑丝的理由只有一个，那就是"美腿飙太"暴露在外的美腿实在过于耀眼。既然你真有这种愿望，那就按照学园的仪容规则穿上长裤啊。

"不要，我讨厌被规定束缚的校园生活。自由和自主性不是很好吗。"

我又不是为了实现"让男生穿短裤的校园"才去做学生会会长候选人的……算了，只要美腿同学不在这方面跟前辈形成对立，就可以了。

"是不是需要体力担当的我和小满轮流对小眉美进行贴身守护？接送就交给我吧，要不让我背着你上下学也行。正好可以锻炼美腿。"

我会被他的粉丝杀掉的吧。

这样一来就要发生"D坂杀人事件"啦。

"这就把我给编进护卫组了？总不见得把锁定肇事逃逸犯的事交给警察去做吧？我试着打探了一下，他们好像没在用心做事。"

"试着打探"的意思是说打探了一下警察的内部？这个番长到底掌握着什么样的人脉？

只要不良生活过得够长久，刑警方面的熟人也会相应增加的吧……嗯，虽说是肇事逃逸事件，但被害人长绳没有生命危险。虽说警方不至于没有认真调查，但此事大概排不上最优先的调查级别。

"原来如此！那倒是说得通。无论落魄还是美丽，我们都是侦探团，任务就是锁定犯人！推理的事就交给小满了！"

"啊？团长，你要让这个流氓来负责推理？"

"你这种带偏见的言论迟早会惹来致命祸根的。"

被道德高尚的流氓骂了。

不允许别人自由表达，气量真大哦。

不过，这的确很像团长会发布的指令，也算是因材施教……虽然表面看不出来，但不良学生其实是个善于思考的人。

"不良学生肯定很擅长模拟犯人的思考模式。"

"完全没有这回事，毕竟你的思考模式我就完全想象不出来。如果你没有处在最危险而又最吃亏的立场，我真会揍你一顿。"

"是。我肚子饿了。"

"别以为说一句'肚子饿了'我就能饶了你……想吃什么?"

真是个好孩子。

"让眉美上真的能行吗?思考策略不是长广的责任吗?"

"我的工作是制定选举战略。没错吧,团长?"

咲口前辈如此表示。

这也没错。

虽说这次成为众矢之的的人确实是我,但真正辛苦的其实是在后方支持我的咲口前辈……假如最终我没能当选,我个人固然会丢脸,但"居然支持那种家伙"的声音也会此起彼伏,最终损害的是现任学生会会长咲口长广的脸面。

"跟学园的未来相比,我的名誉不值一提。"

"胡说什么呢,长广。萝莉控还有什么名誉可言?"

"萝莉控的确没有名誉可言。但我不是萝莉控,只不过父母擅自帮我定下的未婚妻现在只有六岁而已,到底要我说多少遍?"

又不是父母让她只有六岁的。

美腿同学和前辈的对话，就如同我是人渣那般稀松平常，如果我的参选产生了反效果，那就得不偿失了。

从这层意义来说，责任重大。

万万没想到，原本气氛轻松的选举战，最后变成了决定前辈胜负的关键。

"具体的选举活动，制作竞选物料，在校内各处进行演讲的事，我应该都能帮上忙。不过具体执行这一切的都是眉美同学哦。"

哎呀，继合唱比赛之后，又要进行声线训练了吗？

我朝谦虚恭敬地站在团长身后一直沉默不语的天才少年，即指轮学园的小少爷指轮创作同学看去。

他安静地点了点头。

虽然反应比较冷淡，但与最开始的被无视相比，如今的他简直让我感动到想哭——点头的幅度很小，对我而言却如同恩惠。

"对哦，从今天起，眉美同学的男装最好都由创作来负责。要把眉美同学的内在美用所有人都能看到的方式展现出来。"

团长任命天才少年为我的专属形象设计师。

回顾往昔，我最初之所以能顺利成为美少年，多亏了天才少年的改造。

说是"改造"，其实是从头开始创作。

并非炼金术，而是炼美术。

要把完全不具备内在美的我打造成美的存在，对艺术家而言或许是个值得挑战的课题——再次挑战这件事，天才少年似乎充满了干劲。

嗯，撇开男装女装不论，选举战中候选人的穿搭潮流，应该都相当费事——制作宣传海报的技术活也由天才少年负责。

也只有交给他了。

希望最新的 CDG 技术能够隐藏我精神层面的人渣事实。

"CDG？你要加工夏尔·戴高乐机场吗？"[1]

"你好吵，不良学生。你这方面太不坦率了。"

"那到底哪方面不坦率了？你这家伙，不论怎么看都

1　法国夏尔·戴高乐机场（Paris Charles de Gaulle Airport）的代码为 CDG。

只能说是……性格阴暗。"

不用你废话。

别说学生会会长，就连班长候选人都没做过的我——绝对不适合抛头露面。

现在我也只想逃跑。

但从另一方面来说，选举工作人员都布置到这个份儿上了，假如我再落选的话，就真成恶劣之人了——我也必须竭尽所能做该做的事。

此外，以我的真实想法来说，如果让我抛开所有深刻的原因和当下的心结，天才少年为我做造型设计这事，真的让我非常开心，内心雀跃不已。

虽说我每天都在孜孜不倦地提升自己的男装，但完全达不到最初他向我施展的、艺术般的美少年的领域。

真希望，至少在选举期间，我可以拥有高水准的美少年体验。

在经历过先前的声音训练，以及寒假一起合宿露营之后，面对这些美少年时，羞耻心这种东西早就不存在了。

不仅没被他们当作女生看待，而且在被当作女生看

待的瞬间还会被流放。虽然被前辈说是"我身边的女
生",但换个角度去看美少年侦探团的"高凝聚力",就
会发现这个组织还是蛮具排他性的。

"选举战必须经常走来走去!如果需要足部按摩,可
以让我来负责哦!"

这里可不是自己的房间。

"那么,任务分配差不多就这样了……实际情况又怎
么样,长广?我们这位阴郁的候选人有胜算吗?"

别叫我"我们这位阴郁的候选人"啦。

"恶劣之人"和"阴郁"已经彻底变成我的代名
词了。

"不一定就是败仗,胜利还是有可能的……也是胜算
的。若非如此,我是不会把眉美同学拉出来的。只不过,
这场战斗会相当激烈。"

这话也没说错。

虽说是以代替长绳的形式而成为候选人的,但是我
们绝不能期待长绳所能获得的票数,会全部转移到我
身上。

长绳不仅仅是能接过现任学生会会长基业的继任者,

身为副会长和雪女，她的人格魅力更是不容小觑。

不仅仅是党派票而已。

就算同样得到前辈的支持，说到底，大家对我的认知也只是"这人是谁？"罢了——知名度几乎为零。

或许有一部分人知道我是那个与众不同、女扮男装的人，但多数人应该都不知道我的名字——这样一来，只能被认定是痛失左右手的前辈千辛万苦地拥立起来的候补人选了吧。

"这样才好。如果这样能让政敌大意，我们就撞大运了。"

哦，原来如此。

不愧是美少年侦探团的智囊。

似乎不是单纯因为"被车撞也无所谓"这种理由才给我白色羽毛箭[1]的——别说白色羽毛箭了，我简直感觉自己被白刃给插中了。

"还有竞争对手？小和菜退下之后，可能成为学生会

1　原文是"白羽の矢を立つ"，直译为"发出白色羽毛箭"，引申意为"被选中"，传说在日本古代，神明会要求村民定期献祭少女，被选中的少女家的屋顶上会被插上白色羽毛的箭。

会长的候选人都有谁？"

美腿同学提出质问。

姑且不论他怎么敢轻易地称呼身为高年级同学，并且还是雪女的长绳为"小和菜"，但他提出的问题确实值得考虑——对于竞争对手，现阶段的我多少也是有些害怕的，但应该都是假想敌吧。

根据不良学生的调查结果，长绳之外就没有其他优势的候选人了，但毕竟长绳退出了，应该还是有人会登上第一候选人的位置。

"虽然没法一概而论，但综合分析迄今为止的形势，我们最强的竞争对手应该是二年级 B 班的沃野同学。"

"B 班？"

我不假思索地喊了出来。

竞争对手不是 A 班的学生，竟然是 B 班的——这可是我所在的班级。

我们班有"沃野同学"这号人吗？

我转头看向美腿同学。

"我对男生了解得没那么详细……"

也对。

他只对学园里的女生知之甚详。

我也不算很熟悉整个班级，但就算记不住名字，看到对方的脸还是能认出来的……那么没存在感的学生一跃成为第一候选人，总觉得很有违和感。

"确实如此，连没存在感的你都说是没存在感的家伙竟然成为学生会会长候选人，这事本身就很奇怪。"

不良学生的疑问虽然失礼，但完全正确。

虽说不能因为我不知道这号人物的存在，就把对方当做炮灰候选人看待；但怎么说呢，如果把对方当作竞争对手或假想敌来看待的话，还是多少缺点儿干劲，或者说总觉得有点儿扫兴。

沃野同学。

"我也调查了一下，好像不是什么特别奇怪的学生。成绩属于中游，没有参加任何社团活动……也没得过任何奖励或处罚。硬要说的话，'没有特征'就是他的特征——就是这种'什么都没有'，反倒让我们很难制定战略。"

也有一种选举活动，叫作"完全不搞选举活动"，搞不好沃野同学就是用了这种手段——我默然地如此思考着。

"搞不好他还是做过什么了。"

不良学生用微妙的语气说道。

"我也不认识那个叫沃野的家伙，虽然我们是同年级的。不过，长绳住院后他跳出来变成第一候选人，从某种意义上来说，D坂交通事故的获利者，不就是这家伙吗？"

6. 疑惑

为选举活动而犯下的肇事逃逸的罪行——虽然这番话太过勉强，让人感觉只是牵强附会的推理，但也无法立刻予以否定。我们本来就抱着这样一种疑问，即长绳被车撞，是不是为了将她从候选人的位置上拖下来。

若真如此，就能自然而然地进一步推理出，这场事故不仅可以将长绳拖下了候选人宝座，更可以让其他的候选人当选。

到底谁才是最大获利者？

这就是推理的基本，Cui bono[1]——只不过……

"不，我并没有咬定这个叫沃野的家伙就是'D坂肇事逃逸犯'。话说，这事根本就不可能。"

"对……对哦，初中生不可能会开车的。"

"我会开就是了。"

---

1 Cui bono，拉丁语，推理小说用语之一，为"有谁得利"之意。

怎么突然展现起坏孩子的一面了？

说到驾驶，如果是自动挡的汽车，我应该也能开吧（不上大马路应该能行？）——如果是肇事逃逸的话，不设法搞到汽车可不行。

无论是买车还是偷车，都完全超出了初中生的能力范畴。

"眉美同学说得对。我也不认为身为初中生的沃野同学能弄到车。"

连直升机都能弄到的副团长摇了摇头——随即又表示："不过，或许有一股势力会认为，沃野同学这种初中生成为学生会会长，会是一件好事，这种可能性是值得考虑的。"说完他朝天才少年看去。

那似乎是一种"假如这件事事关指轮财团的势力争斗，那么身为财团小少爷的天才少年或许知道些什么"的眼神，但小少爷没给出任何答复。

和平常一样的沉默。

嗯，就算跟财团经营扯上关系，他们也不会让这种"大人的事情"传到初中一年级的天才少年耳中的吧。

"或许为了让沃野同学更好地进行选举活动，实际开车的犯人又另有其人呢？"

"你可别想过头了。疑神疑鬼是大忌。最有可能的是你全都想错了。"

虽然是出自不良学生之口，但他的这番话很符合常识——偶尔也会有这种情况的嘛，这个流氓。

"难懂的话题结束了？那好，活动开始！"

与其说是"难懂的话题"，更像是"一点儿也不美丽的话题"，而似乎一点儿不愿听这种话题的团长"啪！"的一拍手，高声宣读檄文。

"今天也要像个美少年一样做个侦探！"

并且，成为最棒的团队！

哪怕面临最恶劣的状况，也要做最棒的团队。

7. 二年级 B 班的同学

看样子，我们竞争对手的全名是沃野禁止郎——"沃野"这个姓氏姑且不论，"禁止郎"这个名字，总感觉相当强硬。

虽然这个姓名给人一种"冲击力之强，让人过耳难忘"的感觉，但是我之前竟然没记住——不管是名字还是姓氏。

而且这个人居然还是我的邻座。

真的假的，我的竞争对手竟然是你！

选举战的宿敌——不对，我甚至都没有自报家门，对方应该不会把我当成宿敌吧。他应该只把我看成班里那个穿男装的女生而已——无所谓了。

正是观察的好机会。

早晨，美术室内的作战会议结束之后，我就准备先去上课了，但同时，我也收到了前辈的命令——不管怎么说，沃野同学都是现在的头号候选人，你就以二年级

B班同学的身份，在上课和休息时间里在远处对他进行观察吧。

在远处对他进行观察？

喂喂，你什么时候有资格对我下达命令了？当然，这句话我并没有说出口——真要说"什么时候"的话，那就是"打从一开始"。

生来如此。

虽说命令中"在远处对他进行观察"的部分不可能达成（毕竟是邻座），但我自有一套办法。

"对不起！我忘带课本了！沃野同学，能跟我合看吗？耶！"

面对我的天才演技，沃野同学沉默了片刻，随即"咔嚓咔嚓"地拖动课桌，跟我的课桌并拢。

"请吧。那个……你叫什么来着？"

"瞳……瞳岛。"

对方也没记住我的名字。

跟竞争对手的初次接触，总感觉缺少了些什么……

"嗯。咦？你的声音……难不成你是女生？"

"那个……对。"

"哦，原来如此。"

"就……就是这样，请多关照。"

就连我是女扮男装都不知道……搞不好我的怪异行为并没有自己所想的那么怪异。

一瞬的不知所措，让我的演技露了馅。暴露本性了。

老实说，你班上的同学穿什么衣服，并不会对你的人生造成影响……

即便知晓了我是女生，而且还是女扮男装后，沃野同学依旧一副若无其事的样子……虽说多少有些惊讶，但他只是礼貌地打量了我一番，随后便看向了黑板。

嗯……

对方略显掉色的头发剪得很短，头发用发胶稍微整理了一下，脸上只修理了眉毛，制服穿得很整齐……不过领带稍微松了一些。

从放在课桌上的手可以看出，他的指甲修剪得很整齐。没有毛刺和硬皮。从袖口可以窥见，他的手表可不便宜，不过也没昂贵到不符合身份的程度……总体来说，他的仪容仪表可以称得上是"没有到洁癖的程度，也没有到邋遢的程度"……补充一句，他的脚上穿的是一双符合初中男生喜好的运动鞋。

我调转视角，看向课本。

这堂是历史课……说来也巧，讲的正是选举。我却听不进去。沃野同学的课本上既有重要语句的画线，也有恶搞伟人照片的涂鸦，角落里还画了漫画角色。嗯，感觉他是个很正常的初中男生……

我的视线又被他的课桌吸引，上面用铅笔写着一些摇滚乐队的名字。

总感觉好像很有个性，又好像没有……"The·逞强""The·无法成为大人"……很符合大众对初中生的刻板印象。

与其说是"刻板印象"，实际上更像是"没有印象"。换言之，就是"初中生应该都这样"的集合体……虽说并非完全不具备个性，但他的"个性"其实就是"没个性"。

"没有特征"就是他的特征。

特征即没特征——完全找不出特征。

这样一来，前辈的分析和不良学生的关系网都完全失效了。在接受了这个事实的同时，无法接受这个事实的感觉也在增强。

可以说，这位沃野同学毫无个性，给人的印象只有"班里有这号人吗？"。这样的人为什么会参加学生会会长的竞选呢……而且，他当时报名参选的时候，应该知道自己注定会以失败收场吧。

当时，所有人都认为，得到现任学生会会长支持的长绳肯定会当选……就连选举战本身都有一种"不举办也罢"的意味——竟然敢在这种局面中果敢出击，我想，沃野同学必定有着某种志向。

那究竟是青云之志，还是"被人吹捧的感觉真好"的欲望，暂且还未可知。但那种独属于特别角色的特别气场，无论怎么看，我都没有从坐在我隔壁座位的沃野同学身上感觉出来。

这家伙到底怎么回事？

不对……

我又开始多想了，这可能就是不良学生所说的"疑神疑鬼"……我毫无志向可言，别说志向，就连一丁点儿那种心思都没有，不也当上学生会会长的候选人了吗？

同理，沃野同学大概也是有某种理由的……搞不好，他是跟朋友们玩猜拳输了，作为惩罚才去参加这场毫无胜算的选举的。

让这种家伙登上学生会会长的宝座实在不太合适……但无论如何，要说眼前这个男生盗窃汽车，危险驾驶，撞伤长绳，这种可能性几乎不存在——以上是智慧之巨人——我的结论。是的，完全找不到他会做出这种事的可能！

"美观眉美"的目光不会有错。大概吧。

嗯，在加入美少年侦探团的这几个月中，我经历过不少磨炼。换句话说，我看多了出类拔萃的美少年，对"普通初中男生"颇为挑剔……这样可不好。

也可以说，这是一种狂妄。

自从成为美少年侦探团的成员，我沉浸在"自己也是特别的人"的自我认知之中，总是带着居高临下的态度看待普通初中男生，这可是个大问题。

"不管怎么看就是个普通初中男生"，这种情况对于初中男生来说不是很正常吗……从他们的视角看，女扮男装的我才是那个硬要表现出个性的可怜虫吧。

即使这样，也愿意跟我这种人合看课本，如此可以看出沃野同学真的是个好人。

我竟然怀疑这样一个好人是肇事逃逸犯，实在太可耻了……之后必须去找不良学生谈话并取得原谅。

此刻我又想到了一件事。

即便没有特意把我立为候选人，即便前辈没有特意拥立某个人为长绳的替补候选人，等沃野同学（或者随便其他什么人）当选之后再去收编他，不就万事大吉了吗？

在当选前接触，他当然也有遭遇"交通事故"的危险；但只要在当选之后再接触，就完全没问题了……在这种情况下，最理想的局面是沃野同学本人没有任何政治倾向，或至少没有强烈的政治倾向。

虽然开玩笑地说或许我就是那个人，但对学园方面来说可能会听命于人的、危险的继任学生会会长，对前辈来说未必就是不好的继任学生会会长……以他的演讲能力，想要给"普通初中男生"赋予志向，也不是不可能吧？

这可比我这种恶劣之人做学生会会长划算，而且成功的概率会更高……当然，这里面也包含了我本人有"这样做比较轻松"的想法。

为达到这个目的，我必须在今年之内以美少年侦探团成员的身份，与沃野同学建立良好的联系。为了答谢他和我合看课本，下课后我应该请他吃午餐吧（当然不是不良学生做的，而是食堂的午餐），然而……

我在紧要关头打消了这个念头。

中断这个想法，并不是觉得还是先跟前辈和团长讨论一下比较好……我并不是那种重视"报联相"[1]的小喽啰。只不过，如果只是因为对方和我合看课本，我就违反了命令，还是不太好……另外，我之所以在紧要关头打消了这个念头，还因为我"总觉得有点儿什么"。

总觉得有点儿什么。

总觉得有种讨厌的感觉。

---

1 原文"ホウレンソウ"，是"报告·联络·相谈"三个词组日语首音节的简写。

8. 保镖美腿同学

　　抱着毫无理由，仅凭偏见就讨厌一个人的罪恶感，我放学了——跟保镖美腿同学一起放学。

　　"哎呀，小眉美，直觉这种东西还是重视一下比较好啊。我的经验是，如果心里想着'咦，那人是诱拐犯吗？'，那人就很有可能是诱拐犯。这种情况发生过好多次了。"

　　"'发生过好多次'才奇怪不是吗？才想到'这些家伙是诱拐犯吗？'，他们果然就是。"

　　美腿同学曾有过三次被诱拐经验。如果算上诱拐未遂的经验，搞不好他经历过十回甚至二十回被害事件。

　　这样一看，简直搞不清到底谁才是保镖了——放学后被车撞的风险和被诱拐的风险——我们两个人一起回家，根本就是风险加倍。

　　"说到诱拐，小眉美过去也被诱拐过吧。"

　　"虽说不是什么值得怀念的事……嗯，相比于那时，这次的任务还算好……"

不行，不能一概而论。

虽说当时的确有生命危险，但"二十人"组织并没有加害于我，仍保有最低限度的绅士作风。

假设"D坂肇事逃逸犯"真的存在，那么他或她则是一个不分青红皂白地驾车撞向初中生的人。可以说是一个非常可恶的人。

我能否与那种凶恶的犯人对峙，是个大问题。

"没问题的。真到了那时候，我会用美腿保护小眉美。短距离内，我的瞬间速度会超过汽车，理论上我们不会被撞。"

别把自己说得跟猎豹似的。

难道飙太是豹子吗[1]？

能通过模样加以区分吗？

放学回家的路上，美腿同学很绅士地走在机动车道的一侧。虽说不知多少是出自本心，但他确实想要守护我。

---

1 "飙太"与"豹子"的日语发音相似。

或许他这种行为不是因为想保护我，或许靠机动车道一侧行走是绅士的一项标准，或许男生就算被车撞也不会痛？

"女士优先"也是需要拼命的。

虽说在旁人看来，这不过是两个关系不错的男生并排走在放学路上而已。

"话说美腿同学，社团活动不参加的话，没关系吗？"

"没关系，自主训练而已。跟汽车决胜负才是最好的训练。"

"不能跟汽车决胜负的吧？"

选举期间，美腿同学和不良学生会轮流接送我。他应该不会在训练上偷懒，不过如果为了保护我而让美腿同学的腿变得迟钝，我心里会很难过的。

这样下去他就要变成"钝足同学"了。

而且和保镖一起上下学的阵仗，总让人觉得是不是太过夸张……我想，只要好好地走在人行道上，就不会有危险吧……

应该不会有汽车特意开上人行道来撞我吧。如果我真碰到无论如何都要走机动车道的情况，只要摘下眼镜，发挥我本来的"过分良好的视力",就能避开汽车了吧?

"最好别说'如果'这种话哦!就算小眉美能凭借视力看到撞过来的车,也避不开的吧。"

"也对……视力又不跟运动神经联动。如果我们知道肇事逃逸的车辆型号,至少还能小心行事……话说,长绳是在什么状况下被撞的?虽说她本人不记得了……"

"小满正在调查这件事。那家伙最适合当侦探了。料理侦探,以料理为线索进行推理的大厨。"

看样子,美腿同学跟我一样,十分认同不良学生的侦探资质……难道只有他本人不知情吗?

还是应该告诉他吧,即使不以料理作为线索。

不过,假如不良学生为了推理而无法常常制作美味料理的话,会头疼的人可是我。还是继续保密算了。

"嗯,小眉美跟沃野同班,小满跟小和菜也同班,这也让搜证变得简单。小和菜是在一边过马路,一边跟女性好友通话的时候,被闯红灯的汽车撞倒的。"

"嗯……"

听这段话的意思,长绳是在边走路边玩手机。这场事故大概她也有责任……但她并不是边走路边发邮件或玩游戏。如果是"通话"的话，责任判断似乎不那么明确。

她并没有站在优先席[1]的旁边通话。而且，虽说是边过马路边通话，但当时是绿灯……

但还有一种可能是，对方是看准了通话中的长绳注意力不集中，卡准时机撞过去的……

"这也有可能。不过反过来说，正因为是跟朋友通话的时候被撞，她才能在人迹罕至的 D 坂被及时发现。察觉状况异常的朋友立刻帮她叫了救护车。"

"原来如此。"

不过，雪女真的有朋友吗？

至少应该比我多吧。

虽说这场事故没有目击者，但存在"听击者"——只不过，单凭通话中的手机，还是没法弄清车辆型号、车牌号以及司机容貌等信息。

"嗯，那位女性朋友也遭受了相当大的刺激，没法提供明确的证词……真可怜。"

1　即公交车及地铁等公共交通工具上的老幼病残弱专座。

刺激大到无法提供明确的证词，难道是遭到了同班同学不良学生的质询吗？

"那家伙的脸色很可怕，我还是怕怕的。"

"那面对那种让你'怕怕的'家伙，为什么还能反复做出那么强势的发言啊？小眉美啊……岂止是强势，简直就是恶劣。"

话虽如此，除了同班同学不良学生，谁还能从那位女性朋友那里问出话来呢？

没有更多的证词了。

如果把推理部分全部交给不良学生，我也有些不甘心……虽说D坂跟我放学回家的路是相反的方向。

"我说，美腿同学，我们能稍微绕一下路吗？"

"嗯？可以是可以，你要去哪儿？"

"嘿嘿，我可不想看到不良学生恐怖的脸色。"

"少来'嘿嘿'这套。"

9. 现场"见"证

　　有这样一道谜题，日本到底是上坡路比较多还是下坡路比较多？正解是"上坡路和下坡路一样多。因为无论哪条坡路，都既是上坡路，也是下坡路"。但只要把这个思考放在现实中加以探讨，就会发现事情并没有那么简单。

　　道路存在"单行道"的概念。

　　如果不考虑"单行道的上坡路和单行道的下坡路到底都有多少"，就无法得出谜题的正确答案——发生事故的 D 坂是向上通行的单行道。

　　这就距离谜题的解答近了一步。

　　不对，行人不受单行道限制——事实上，我和美腿同学离开学园后，在 D 坂走的是下行方向。

　　坡度相当倾斜。

　　再说句废话中的废话，全世界最陡的坡道似乎在新西兰。那条坡道位于但尼丁，因为"吉百利巧克力狂欢节"而闻名。

但尼丁的英文首字母是 D，那儿的坡道也算得上是
D 坂了吧。

"喂喂，你怎么跑这里来了。太危险了，快回家去。"

刚到就被不良学生骂了。

我居然被番长催促回家……

除了不良学生，团长居然也出现在斑马线附近的事
故发生地。侦探团成员们在美术室外的共同行动本来就
很稀奇……虽说已经公开进行了不少活动，但美少年侦
探团说到底仍是秘密社团。此刻竟然有四位成员出现在
了这里。

"哈哈哈！D 坂这种地方没什么人气，不会有问题
的！警察的现场取证也早就结束了！"

团长始终是那个开朗的团长。

虽说看上去像是没做过任何考虑就是了。

团长会出现在此处确实很不可思议，但话说回来，
在分派任务的时候，团长并没有负责任何一项任务。

搞不好在他看来，以司令的身份到处溜达，随心所
欲地出现在喜欢的地方，就是自己的任务。

"我很明白小满的顾虑，但眉美同学还没有表明候选人的身份。就算被盯上，也是明天之后的事！"

这话也没错。

更进一步说，除了 D 坂，危险的地方还有很多……而这里，或许反倒会因为已经发生过一次事故了，而变成最安全的地方。尽管如此，不良学生还是对我们不加考虑的来访表示不满，抱怨了片刻，随即判断"来都来了"，还是先不多说了。

"非常遗憾，你们白跑了一趟。我把这附近都找了一遍，什么都没找到。就算犯人曾留下过什么线索，也应该被警察带走了。"

"也对。"

完全没有素人侦探团出场的份儿。

毕竟这场交通事故发生在公共道路上，就算警察再不用心，基础的搜查还是会做的——假如真有物证掉落，肯定会被回收的。

只不过，我不认为会有这方面的线索就是了——真有的话，犯人早就被捕了。

"小和菜是边打电话边过马路时被车撞的吧？那

么……可以推测，她当时就倒在这附近吧？"

美腿同学忽然跳上马路……喂，现在可是红灯。不过自信能够快过机动车的"美腿飚太"不会被道路交通法束缚住……毫无人气的D坂也完全看不到机动车。

嗯。

这样一想，这个节骨眼儿上，在这种地方发生肇事逃逸事件，实在是太可疑了……总觉得汽车就是瞄准了长绳，趁她不注意的时候，故意撞过来的。

"大概是这边吧。但地上没画粉笔线，也没有鲜血飞溅，所以不能完全确定。"

美腿同学在人行道的正中停下脚步，如此说道。还真是个不怕事的孩子。为什么要说粉笔线，长绳又没死。

要是真的鲜血飞溅，你又打算怎么办？

嗯，他被迫害的经验很丰富。可以把这一点当作可靠的标志吗？

"虽然说是车祸，但是小和菜并没有被撞飞出去，不是吗？"

不良学生说着，在红灯亮起的情况下走上人行道。跟美腿同学截然不同，他会仔细地确认道路左右两侧的情况（明明是单行道啊），令人充分感受到他完全不会变坏的道德本性。

"如果是被狠狠撞飞，然后砸在沥青路上，小和菜肯定会受重伤。所以，发生事故的时候，车辆是踩了紧急刹车的吧？"

"嗯。这样一来，至少没想过要她的命？说不定只是想威胁她一下，连撞都没想撞，没想到没把握好时机。"

"这是威胁吗？送恐吓信也就罢了，这可是驾车撞人，如果用'太大意了'来总结，实在不符合常识。"

"也对。难道犯人是带着'撞死也无所谓'的心态撞过去？"

不良学生和美腿同学在人行道正中展开你来我往的推理演算……信号灯由绿转红，又由红转绿，而我在一旁百无聊赖。

虽说我还没表明自己候选人的身份，但一想到被撞的可能性，我当然不能参加这种在道路正中央展开的危险讨论……

"那个，团长。"

我决定利用这段时间听听看团长的见解，但转头一看，那个小五郎已经不见了……咦？

一旦没人盯着就不见踪影了，他还是小孩吗？

仔细一想，还真是小孩。小五郎嘛，小学五年级的学生而已。

这可糟了。

只有我看管的家伙不见了踪影，而这个家伙偏偏还是团长，搞不好我会被美腿飙太用脚踹飞，或是被美食小满吃得连骨头渣都不剩。

他们对于团长的忠诚异于常人。

"团长？"

万幸，在小声呼喊并寻找之后，我很快找到了他——顺着车辆行进的方向看，望向D坂的最上方，跟大路汇合的地方，我们心爱的团长正站在那里东张西望。

"你在这里啊，团长。"

"眉美同学！既然会来这里，你应该跟我在想同一件事吧！"

咦？不对，大概不是同一件事……

望着对方闪闪发亮的眼神，我很难说出一个"不"字。

"嗯，差不多。"我暧昧地点点头。

一副不懂装懂的模样。

"要不要讲讲你的推理，我们对一下答案？我想确认一下，我和团长的意见在'美丽的一致性'上能达成多少共识。"

"没问题。"

看样子团长回应了"美丽的一致性"这句话，爽快地答应了对答案一事……不管对不对答案，我都是为了找他才跑来这里的就是了。

虽说对不了答案，也只能配合着谈话。

"飙太和小满好像很在意长绳和菜发生事故时的状况，我想尝试不同的方法——撞人之后的车子是往哪个方向开走的，我想尝试验证一下。"

往哪个方向开走的啊……

换言之，往哪个方向逃逸的？

怎么说呢，这种正儿八经的推理，完全不像团长的风格——既然是单行道，肯定是直接往上开，开到跟大路汇合的地方……然后呢？是往左还是往右？

对哦。

车子没有凭空消失——就算事故现场没有目击者，

之后也会被人看到。

逃跑的过程中完全不被任何人目击这种事，根本不可能——就算难以确认车辆型号或车牌号，但一辆撞过人的车多少会有痕迹，像是车灯破裂、引擎盖被撞瘪之类的。

这种车在路上奔驰，应该相对惹眼，总会有人注意到……如果在这方面进行调查，或许就能……

不，这可不一定。

如果犯人可以犯下肇事逃逸罪，那么违反单行道的交通规则，逆向行驶这种事，也一定能干出来。假如是计划性的犯罪就更不用说了。难道这是一次有预谋的犯罪，犯人事先已经确定了安全路线以确保没有目击者？

"啊，没错，有道理。我完全没考虑过逆向行驶的问题。不愧是眉美同学！"

"不，这个，还算不上是推理……"

"很不凑巧，我没什么学问——我所拥有的只有美学。"

虽说这是团长惯用的台词，但就目前的情况来看，他所欠缺的不是学问，而是对恶意的理解。

他不像不良学生和我这般拥有恶意的素养，模拟犯人的思考路径这种事，特别不适合他。

犯人会无视红绿灯，当然也不会理会其他交通标示，我们很自然地会想到这点。

无可争辩，双头院不适合做侦探——正因如此，美少年侦探团才是美少年侦探团。

非常遗憾，这次的事件无法满足团长对美丽谜题和美丽解答的期待了。

推理部分还是交给不良学生比较妥当……此刻，我忽然意识到一件事……前辈希望在自己毕业之后也尽可能地维持校风的理由，哪怕指名身为恶劣之人的我作为继任者，也要坚持不懈地跟重视效率的学园进行交涉的理由……

这个理由，莫非就是让现在身为小学五年级学生的团长有朝一日进入初中部时，多少还能留存一些自由和自主性吗？

10. 突入选举期!

就这样，在肇事逃逸事件的搜查没能取得实质性进展的情况下，选举战开始了……包括我在内，正式公布的候选人总共有五人。

学园报刊所报道的告示初期支持率正如前辈所料，第一名是沃野同学——根据问卷公平公正的调查结果，超过半数的学生都回答"会投票给沃野禁止郎"。真搞不懂那个毫无个性的同班同学为什么可以得到这么多支持。

不管怎样，瞳岛眉美在本次关于支持率的问卷调查中，排名第三，成绩还可以……毕竟第二名是二年级 A 班的学习委员兼前棒球队队长，这个成绩还说得过去。

不对！天才少年对我进行了全面的形象管理，全力将我打造成美少年的模样，还为我制作了连专业人士也做不出来的、距离欺诈只有一步之差的竞选海报，而且我还有学生会会长的支持。花费了这么多心力，竟然才获得第三名。

不仅如此，以不良学生为首的"小满那伙人"也委婉地表示了对我的支持，美腿同学在田径队也若无其事地帮我宣传，为我巩固群众基础。作为默默无闻的普通学生，我在各方面都十分依赖美少年侦探团的支持。

既然是长绳的候补，这样做也无可厚非。

然而，虽然有大家的帮助，但我也只得到了第三名。能用的手段全都用上了，也只做到这种程度……就连我都觉得自己没出息。

全力以赴也只做到了这种程度。

同一个班级出现了两位学生会会长的候选人这件事，竟然只让二年级 B 班稍稍沸腾了一下，真搞不懂是怎么回事……不，事实上并没有怎么沸腾。

说到底，就是大家对学生会选举的关注度太低了。

也可以说是学生们被拼命追求效率化的学园给搞麻木了……原来如此，一旦成为候选人，即使不是前辈这样的人，也会为毫无积极性可言的学生氛围而忧心。

看上去，学生们已经放弃了自由和自主性……我感觉自己心中竟然升起了一股"必须做点儿什么"的冲动。

再这样下去就什么都做不了了。

按照前辈之前的想法，我在这个时间点上至少应该取得第二名……必须从现在开始制定得票计划了，否则我所做的一切不过是遭人厌恶的出风头罢了。

说到"遭人厌恶的出风头"，也有人分析说，女扮男装的我，有可能是一个有娱乐精神的候选人……而事到如今也不能重新打扮了……话虽如此，尽管我的得票没能达到前辈的预期，但我之所以获得第三名而非第四名，得到的可都是误以为我是男生的女性选票。

那可是不容错失的重要票仓。

简单总结一下现状，就是开头还不坏，但总感觉前路太过坎坷……或许我们还是应该优先追踪"D坂肇事逃逸犯"。

"不过啊，我们这边的搜查好像也卡住了。而且就算抓到了肇事逃逸犯，对选举也不会产生任何影响，所以也不太靠谱……你在听吗，天才少年？"

没有回答。

取而代之的是正在为我推拿的那双手猛地加大了力道……喔，有效果了有效果了。

选举战第三天的放学后。

我趴在美术室，即美少年侦探团事务所（现在还是选举事务所）内带顶棚的床上，享受着天才少年的推拿按摩。

我拒绝了美腿同学为我按摩腿部的提议，却无法拒绝天才少年。

根本就是"美容沙龙创作"。

与其说是推拿按摩，感觉他更像是把我当成了某种制作陶器的优质泥土……仿佛整个身体都被捏了起来。

我到底在干什么？

明明处于苦境之中，心情却十分舒畅，一点儿都不紧张……

在学园各处跟不认识的学生握手，以我内向的性格来说，内心本该遭受了巨大的打击才对，不过这一切都被天才少年的推拿按摩缓解了。

美少年侦探团真是一个福利丰厚的组织啊。

明明应该很累了，但我的皮肤状态还是很好，头发也分外有光泽，真是不好意思……这都是拜不良学生为我精心准备的全方位营养搭配餐点所赐。

在我全身心放松的时间段里，咲口前辈、不良学生、美腿同学，甚至是团长都在卖力地投身于选举和侦探活动之中，我虽然心里过意不去，但最终还是释然了。

软绵绵的……

我知道自己有被车撞的可能性，但这一段被照顾得尽善尽美的学园生活，让我觉得就算被撞一次也无所谓了。

"唔……老实说，我觉得长绳被某人盯上继而被车撞这件事有些疑点。"

趁着天才少年变换按摩位置的间隙，我把自己的困惑说了出来。

我本不想说的，但因为天才少年的按摩太舒服了，我不自觉地就把自己的所思所想说了出来。

连"吐真剂"都不必用，真不愧是天才少年。

"虽说万幸没出什么大事，但搞不好长绳会被撞死！就算她没死，万一撞到什么重要部位，或许也会留下影响终身的伤害……而且车祸的时候，长绳的反应不可预测，假如她躲避不当，很有可能会被压在轮胎下面。"

没有人回答我。

我把天才少年不停按摩穴位的动作当作他的回答。

说是推理，其实是对推理的持续否定。

"难道犯人在想'撞死也无所谓'……事关学园的利益，搞不好真有蠢货会这样想……即便如此，真的会采用'开车撞'的手段吗？这种手法太凶残了，会让结果不可控。又或许犯人做好了不计后果的准备，但对于独自回家的长绳，直接将她倒剪双臂不是能更好地控制伤情和引发的后果吗？"

想要伪装成事故的手段有很多……如果"D坂肇事逃逸犯"存在，为什么这个人会选择驾车撞人，这点仍是个谜。

这种方法在调度和后续处理方面都很困难。

难道就是为了顺理成章地伪装成"长绳偶然在那个时间点不幸地遭遇肇事逃逸"？搞不好我们正走在一条错得离谱的推理道路上……

"嗯，假设'D坂肇事逃逸犯'是跟学园运营有关的人，将这种恶行曝光，也不能保证我能当选……反正我这种人……痛痛痛！抱歉抱歉，我不该表现出软弱的！"

伴随按摩而来的是地狱般的疼痛（"心好痛"），我收到了来自天才少年的叱责和激励。

仔细想想，还真是奢侈的场面。

或者该说是不可能发生的场面。

世界知名的指轮财团的小少爷，居然成了我的专属按摩师……只要一想到为我按摩的手能创造出成亿的财富，就感觉自己的肉体变成了黄金。

现在死的话，肯定很幸福。

"眉。"

将我的胡思乱想打断的，是那个尚未听惯的声音。

我一直耐心等待着的声音终于出现了！

自从冬季合宿以来，一直紧闭尊口的天才少年终于再度称呼我"眉"了！

居然这样称呼年长的前辈！

虽然地位比不得他高，但好歹是年长的前辈！

我早已下定决心，在他再次叫我"眉"的时候，一定要加以更正——虽说这个称呼来得这么早，搞得我有些许措手不及，不过我也一直埋伏着严阵以待。

就现在的状况而言，我确实是"埋伏"在床上。但与此无关！

不管什么姿势，我都要说出来！

你至少要称呼我为"眉大人"!

"痛痛痛痛痛痛痛痛痛痛痛痛痛痛感觉好痛感觉好好痛感觉好痛叫我眉就行我就是眉我就是眉眉眉!"

"眉,你把重要的事给看漏了。"

"?"

既痛又舒服,屈辱感和兴奋感让我哭得稀里哗啦,但我可是"美观眉美",居然说我"看漏了",这比连续称呼我为"眉"更加不能置若罔闻。

他是说我看漏了什么东西吗?

"既然你认为'选择驾车撞人是个谜',那么身为侦探,就必须去解谜。不自然的情况必定有其缘由,不论是汽车,还是……"

沃野禁止郎。

11. 保镖不良学生

"以上是我的专属形象设计师的发言，不良学生，你怎么看？"

"我觉得你很恐怖。你这种大无畏的人真的很恐怖。"

不是这个意思啦。

做完美容，又完成了最基础的选举活动，就准备放学了。今天负责在放学后护送我的保镖是不良学生，他的身份是侦探兼按摩师兼不良少年兼厨子。这个忙到不可开交的同级学生用调笑的目光看着我，好像在看外星人。他说：

"哦，假如不是故意驾车撞人，那么这起事件就是单纯的交通肇事逃逸；如果是故意驾车撞人，那就必须考虑一定要用这种方法的理由。"

他陈述着自己的见解。

"但我压根无法想象，既然都驾车撞人了，除了想伪造成交通事故之外，还有其他好处吗？如果是单纯的交通事故，肇事逃逸可是重罪哦。"

"所以你的专属形象设计师才说，选择驾车撞人是肯定有理由的。"

"你很快就会被指轮财团消灭吧？就算你是恶人，我也会庇护你的。虽然不能永远守护下去。"

好有男子汉气概。

但只要一想到指轮财团关系着学园的运营，并且有可能跟谋害长绳的事件有关，就觉得他的话一点儿也不好笑。

总之，为了看看其中是否存在推理的线索，我把跟天才少年之间的对话原原本本地说给了不良学生听（被比自己小的人叫"眉"这事则隐瞒不谈。绝不可能说的），但疑问越来越多，也没查到什么线索。

"没有冒出新的目击证人，也没搞到类似的证词——长绳周围也没发生过类似的麻烦。警察内部好像也没有进展。明确地说——不对。"

"嗯？"

怎么搞的，故弄玄虚吗？

不要说一半就不说了啊。

"我才没有故弄玄虚。这话要是说了，搞不好长广会发火的，所以不太想说。"

"什么嘛。不管不良学生说什么，我都不会发火的哦！"

"我早就想说了，你拿筷子的动作是不是有点儿怪？"

"啥?! 这事跟现在的情况毫无关系吧?! 干吗现在要说这种事，放着别管了！我爱怎么拿筷子就怎么拿！"

这事暂且按下不论。

"搞不好会让前辈发火"的推理到底是什么？

"哦，惹火长广也是没办法的事，问题在于，团长也不喜欢。也就是说，既没有目击者也没有犯人相关的线索，在讨论'D坂肇事逃逸犯'是否存在这个问题之前……"

交通事故本身是否存在都变得很可疑——不良学生懒洋洋地说。

"咦？这到底什么意思……"

不，我明白其中的意思。道理我都懂，理解能力却跟不上。交通事故肯定发生过不是吗？长绳都住院了……啊，但没受什么重伤……

"难道是骗局？"

"我可不想说。连性格恶劣的你都露出这种表情，如果让长广和团长听到这种推理可怎么得了？"

"还真是这样！"

话是这么说，不过我是不是自认性格恶劣了……这种推理确实不能让美少年侦探团善良一派的成员听到。

委托人扯谎——原来如此，被害人扯谎这种事，不论怎么想，都让人觉得不舒服。

"但……但是，就算没有目击者，不是还有证词吗？她是在跟朋友通话时被撞的……"

"朋友没看到有汽车吧？事先录音，让对方听到汽车的声音，再伪装成事故也不是什么难事。不过，她们统一口径提供证词这种事，大概是做不到的。"

做不到的，是吗？

那个，冷静点儿，让我论证一下。不良学生又不是我，不可能不假思索就想出这种颠覆性的推理——值得充分论证。

假如……对了，假如是长绳在自己家故意撞上父母的车，或者故意在某处撞上的废弃车辆，伪装出被撞的痕迹呢？然后她来到D坂的人行道，抓住谁也没看到的时机躺倒，佯装成被车碾压又失去意识的样子，静待朋友呼叫的救护车的到来——可能吗？

可能的。

倒不如说，这样反而容易控制伤害程度——自己撞向静止的车辆，伤势应该不会过于严重。

无论如何努力都找不出犯人也是理所当然的，所谓的肇事逃逸犯压根不存在——"D坂肇事逃逸犯"纯属扯谎。与其说是骗局，不如说是自导自演。

就算前后矛盾，也可以用"不记得事故当时发生的事了"搪塞过去——从心理层面来说，谁都不想过分追究遭受交通事故的被害者。

正中下怀。

这样一来，当然不会有什么证据和证词了。刹车痕迹、车灯碎片、汽车涂料之类的全都找不到……之前我从未这样想过，但这样一说，总觉得这种推理过于合理。简直不能更合理了。

问题是……

为什么长绳要搞这样一出自导自演的戏码？我一直

坚信，她是因选举战的战火而被某些心怀不轨之人卑劣地视作要铲除的目标，所以我才会罕见地表现出义愤并决定出任候选人。如果是自导自演，我感觉有些无法接受。

这岂不是连前提都崩塌了吗？

"我……我感觉自己吃亏了……"

"你的吃亏感倒让我心情舒爽，但假设这真是骗局，那一定存在令人十分不爽的动机。"

没错。

初中生遭遇肇事逃逸事件绝不可能是美丽的谜题，也不会得到美丽的解答。同样的，这种自导自演也不会有什么美丽的动机——我不想这么想，但还是不能不加以思考。

至少不能把这种事推给前辈或团长去想。

"我突然想到一个理由——'害怕'，不管是骗局还是其他什么，根据不良学生的调查，长绳的周围确实没有这类的麻烦，所以动机肯定跟选举战有关——她即将成为咲口长广的后继者，然而她害怕了，所以就找了'因为遭遇意外事故所以才退出竞选'的理由。"

"完全有可能。谁让旧学生会会长那么了不起。"

不良学生继续说道:

"只不过,你'突然想到'的,应该不是这点吧?"

嗯。

老实说,我压根无法想象人称"雪女"的长绳会感觉"害怕"……虽然,这种情况也有可能发生,但总的来说,这个推理不太靠谱。

通过"伪装成意外事故,让候选人在选举战前夕退出竞选"一事,明显是企图阻止咲口政权的继续。

对方让被咲口前辈指名为继任者的长绳在重要关头退出竞选,企图让前辈的理想就此泡汤。

不过反过来看,伪装成交通事故也就有了一定的解释——伪装成"意外事故"很有必要。

"在放学路上遭遇暴徒袭击"这种骗局,很难自导自演,没有"意外事故"的感觉。

换成交通事故的话,就有一种日常生活中的变故的感觉——怎么说呢,就像突发疾病一样,给人一种"那就没办法了"的感觉。算是比较容易演出来的谎言。

"假设对方的动机是'给旧学生会会长找麻烦',其实是可以说得通的。在这种紧要关头，支持的候选人突然退选，的确很难立刻找到候补。事实上，故学生会会长还真的陷入不得不支持你这种莫名其妙的家伙的处境啊。"

"谁是'莫名其妙的家伙'啊。还有，'旧学生会会长''故学生会会长'又是怎么回事？"

明明就是现任学生会会长。

难道是想给咲口前辈找麻烦？难道副会长不愿接任学生会会长的职位？难道他们所秉持的理念完全不一致？

傀儡政权什么的，恕难从命——难道打从一开始，她就不想成为前辈支持的新任学生会会长？

会不会……她跟其他候选人商量，只要那个人当选，就让她继续做副会长……之类的？

现在的头号候选人是沃野同学……

这个推理也太草率了吧？无论怎么想，沃野同学都不像是会搞阴谋诡计的人，他看上去连耍心眼儿都不会。他就是个被天上掉的馅饼砸中的候选人而已——这个世界上，这样的家伙多多少少会有一些。同理，这个世界上，多多少少也存在不付出任何努力就能把公子哥儿当成美容师来使唤的女生。

"对哦。如果按这个方向思考的话，更有可能是长绳跟学园方面做了交易。"

"跟学园方面？"

"长广的理念在学园看来肯定是不认同的。不过，与其在选举中跟长广阵营正面硬碰硬，学园方面肯定会觉得，倒不如说服长广的继任者更有效率。"

"嗯……"

成年人真的能把事情做得这么绝吗？这样想的同时，又觉得正因为是成年人才能把事情做得这么绝吧。指使、怂恿候选人变成内奸这种事肯定会让人感觉不舒服，但总比开车去撞初中生要好一些——既要考虑这种可能，也要考虑那种可能，否则就不是一名合格的侦探吧。

第三条团规守不住了。

不过，我不是连第一条团规都没守住嘛……

虽说只是疑神疑鬼，但无论是"D坂肇事逃逸犯"还是"D坂初中生诈骗犯"，都跟"美丽"毫无关系。

"这招真的很高明。假如长广不是美少年侦探团的成员，只是普通的学生会会长的话，面对这样的状况，他恐怕毫无办法。只要他对这场'肇事逃逸'与选举战之间的关系稍作怀疑，就不敢轻易支持其他候选人；就算想支持，也来不及准备了对不对？"

"嗯。我现在的情势之所以还不错，全都是因为有美少年侦探团的支持⋯⋯"

"毕竟我们找不到其他明知会有被车撞的危险，还是接受成为候选人的笨蛋了啊。"

"呜呼，因为我信赖你们啊。大家都会守护我的。"

"切。"

哎呀，讨厌，我害羞了。

不要这样啦，我也快要害羞了。

本以为会是这样的对话，不良学生却叹了口气，一脸不耐烦地继续说："明天放学后，或许我们去探视一下长绳比较好⋯⋯这件事要对长广保密。"

"感觉不是什么快乐的探视⋯⋯"

"对啊，虽说是同班同学，但我跟她算不上是朋友。其实我们的关系很差。"

嗯，毕竟是番长和副会长。

但这种关系不和，说到底也只是因为长绳是学生会会长忠实的副会长——如果长绳无罪，探视与自己关系对立的同班同学，气氛都不一定会和谐；可如果长绳是内奸，当然了，气氛必定无法和谐。

这样一来……唉。

"我不去不行吗？好啦好啦，我跟你一起去就是了，我们一起去探视雪女。"

"你干吗要表现得像个大人物一样啊？你肯跟我一起去是很好，但不许把长绳喊成雪女了。她好像很讨厌这个绰号。"

嗯，毕竟不是什么好话。

不叫她雪女，但是否需要把正在住院的她称为"犯人"呢？此刻，一切仍是未知数。

"雪女"不见得就是"清白"的。

12. 哥哥

"我们去见踊。"

第二天清晨，按照轮班表，来接我的应该是美腿同学，但按响瞳岛家门铃的却是咲口前辈。

应该是有什么缘由或隐情吧？

肯定是美腿同学在田径队有什么急事，不得已才让前辈担任保镖工作。我是这么想的，但事实好像不是这样——踊？

是谁？

一听就不是什么正经的名字。

"别说这种蠢话了。情况我会在路上说明，我们出发吧。"

是。

按照一般的流程，早上我应该先去美术室接受天才少年的装扮，让他把我打扮得闪闪发亮，但看样子今天不得不变更计划。

不过话说回来，"踊"？

好像听过，又好像没听过。

"你的记忆力是怎么回事？我在帕诺拉马岛曾经不小心说漏嘴过呀——看来说漏嘴好像也没什么。"

"啊，我不应该忘掉他人的错误才对……"

"你真是太不像样了。"

啊，我想起来了。

双头院踊——美少年侦探团的创始人。

他还是现任团长双头院学的亲哥哥。

人称"美谈之踊"。

"对哦！难怪一听到这个名字我感觉鸡皮疙瘩都冒出来了！"

"请别在得知对方是权力者的瞬间就殷勤献媚。"

"咦？但为什么前辈总是一副不愿跟我提起他的样子……"

正因为他总是避而不谈，所以不论是在帕诺拉马岛上的时候，还是合宿归来之后，我都没有特意追问过这件事。就算我是恶劣之人，也还是会有深谋远虑的。虽然我在深谋远虑的过程中，就把这事忘光了。

这也算是我的恶劣所在。

"不过是两害相权取其轻而已。我本不想让你这种可爱的恶劣之人去见踊的。"

"就算你加上'可爱的',我也不会开心。"

"再这样下去,会拖慢选举战进程的——如果可能的话,我本不想用这一招的。"

唔。

为了将我送上学生会会长宝座而夜以继日地拟定选举战略的前辈,之所以今天亲自来接我,原来还有这个原因。反过来说,我已被逼得走投无路,甚至到了要不择手段的程度。

不知不觉间被逼得走投无路的事还真多啊,对我而言。

虽说这本是咲口前辈的事情,但我的不中用让他吃够了苦头,真是太抱歉了。而且最近为了保养皮肤,我每天都睡足九小时。这就更对不起前辈了。

不良学生关于"交通事故搞不好是长绳搞出来的骗局"的推理,还是暂且保密比较好。

我可不想让萝莉控更加劳心劳力。

"那……踊在哪儿呢？"

搞不好我们是要去团长家拜访？我心跳不已地问道——真是不可思议，我竟无法想象"团长也有自己的住宅"。

我当然明白团长不可能真的住在学校里，但他那种与世隔绝的感觉，跟"生活"和"家庭"可谓格格不入。

"在高中部。"

"咦？团长的哥哥住在他自己的脑子里吗？"

"不是'后脑勺'[1]。谁会住在大脑里啊？高中部——他是指轮学园高中部二年级的学生。"

哦……这样说来，我们要去高中部吗？感觉有点儿害怕……

团长是小学部的学生，但经常肆无忌惮地来初中部。这种事看着简单，轮到自己去做的时候，我才突然意识到团长的伟大。

"是……是去征求美少年侦探团的第一任团长的意见吗……"

---

1 日语中"后脑勺"与"高中部"发音相近。

"与其说是去拜访美少年侦探团的第一任团长，不如说是去拜访前任学生会会长。"

"前任学生会会长？"

"没错。在三年级学生之中，踊可是被传颂至今的、传说中的学生会会长——连我都望尘莫及。"

让连续三届出任学生会会长、得到优待却急流勇退的咲口前辈都望尘莫及的学生会会长，究竟是什么人？

居然还有这种人？这种人竟然存在于这个世界，并且还存在于这座学园里！

既然如此，此人的闻名程度应该不仅仅在三年级学生中间。只是我向来对传闻不感兴趣，所以（或者说，必然）不知道。在一年级和二年级学生之中，应该也有很多人听过他的大名吧……

"没错，是这样。所以说，如果眉美同学得到踊的支持，就能一口气逆转选举战的形势了。"

原来如此。是，我明白了。

我们是去问候有权有势的人——越来越像真刀真枪的选举战了。应该带上塞满钞票的点心匣子吗？

"都怪我力量不足，单靠我的支持无法把眉美同学推上第一候选人的位置，所以才打算求助踊，希望他给予更多的帮助。"

"既然如此……让团长一起去不是更好？那可是他的弟弟……"

这完全就是我们两个潜入高中部会让人不放心的意思，但我还是提出了这样的要求。

我明白，忠诚心满到溢出来的咲口前辈不想给团长惹麻烦，但求人这种事，带上家人一起前往才算是上策吧。

不过我压根不擅长求人办事。

"除非不得已，我从不低头。"

"我还真是佩服眉美同学这样的人。但绝对不能带团长同去——和咲口家一样，双头院家也有自己的问题。"

既然都抬出了"家庭问题"，就不能深入探究了——现在瞳岛家也是乱七八糟的。

顺带一提，之所以会"乱七八糟"，导火索之一是每天早晨都会有谜之美少年轮流来接瞳岛家的女儿（还是女扮男装的女儿）。

"难道他们兄弟关系不好吗？"

"不，并不是这样的——嗯，见了面你就知道了。"

前辈难以启齿般地搪塞了过去，完全不像"美声长广"的做派。

但他没有糊弄我。事实上，的确见了面就知道了。

无论是不能让团长同行的理由，还是不能告诉我的理由，见了面就知道了。

13. 双头院踊

从结果来看，前任学生会会长双头院踊愿意支持我。前辈得偿所愿。

后来我又向周围的人打听了一圈，才了解到双头院踊在指轮学园初中部学生会担任会长时，可谓当之无愧的传说级人物。咲口前辈之所以在其之后以一年级学生的身份坐上学生会会长的宝座，除了其本身的演讲能力出众之外，更离不开踊的应援演讲。

"真想让眉美同学听听踊那场洗涤心灵的演讲。我身为学生会会长的功绩，不过是原样照搬踊的方法罢了。"

咲口前辈是过谦了。不过，以效率化和合理化为目标的学园跟前任学生会执行部之间，确实发生过相当激烈的争执——听到这里，感觉更加理解前辈坚持要亲自选择下一任会长的理由了。

将自己继承的东西传递给后来人，这种想法是相当自然的——看来，咲口前辈跟双头院兄弟俩相处了相当长的时间。

毕竟对方是传说中的学生会会长，要说我一点儿不安都没有，那是骗人的。

毕竟对方是美少年侦探团的创始人。

那可是"美谈之踊"。

更何况，他还是团长的哥哥。

"踊"这个名字，是能够让人发挥想象的名字。我猜测，对方或许是歌剧中那种边唱边跳、喋喋不休的人；或许是喜爱穿着华丽舞台服饰的人。但这种期待并没有如愿。

从某种不好的意义上来说，没有如愿。

前来迎接我们的，是一个看起来非常正常、非常普通的高二学生。

他既没有放声大笑，也没有突然兴奋，没有秀出美腿，也没有沉默寡言，更没有故意装成恶人……当然也不是萝莉控。

该怎么说呢？

似乎是一个很普通的聪明人。

"初次见面，我是双头院踊。你就是小眉美吧？咲口已经跟我说过了……你是学生会选举的候选人？"

说着他伸出手跟我握手。

我做出回应。

"你要加油。既然是咲口推荐的人，肯定错不了……我的名字你们怎么用都行。请多关照我弟弟，能不能转告他，不要一直向高年级的哥哥姐姐撒娇？"

很普通……普通又温柔，普通又善良的一个人。他外貌出众，个子也高，身材健壮，不过，没有美少年的感觉——而是青少年的感觉。

我知道他是团长的哥哥，我猜团长长大之后应该也是这种感觉。但目前的我实在感受不出他们有什么相似的地方。

扫兴且违和。

我明白，我们是初次会面，需要保持一定距离感。但面对长期相处的前辈，他依然将自己置于某种距离之外……与其说是"置于某种距离之外"，更像是某种"不知该怎样对待他"的感觉。

既不自然而又冷淡。

咲口前辈像平常一样出口成章，将我包装成了一个了不起的后辈，这也使得违和感倍增。

"话说，踊，你被称作'传说中的学生会会长'……那么你在高中部也在学生会担任职位吗？"

总觉得自己得说点儿什么，于是开口询问。踊却表示："啊，没有。"还不好意思地笑了笑。

"我已经不做这种事了。"

"哦。"

现场似乎有一股"不许继续提问"的气压——其实并没有。不论我问什么，他应该都会照实回答的。但他的语气，让我问不下去。

他看似是害羞，其实说羞耻更合适——没错，他似乎感觉自己创造的"传说中的学生会会长"时代相当羞耻。

仿佛让他想起了自己曾经的年少轻狂。

我能充分感受到他的痛苦。

临别之际，踊对咲口前辈所说的一番话，证实了我的这种直觉。

"咲口，多谢你这么疼爱我弟弟，但你很快要升高中了，差不多也该从小孩的游戏中毕业了。"

"小孩的游戏。"

不用确认我都能明白他所指的是美少年侦探团的活动。前辈满脸困惑，"嗯，哦，好"地回答着，然后暧昧地点点头，随即我们离开了高中部。

前辈不想让我跟踊见面的理由，我差不多明白了。同时我也明白了前辈不愿独自前来高中部的理由。

完全明白了。

如果有可能的话，压根不想用上的绝招。

根本就是禁忌的绝招。

无论是学生会会长，还是美少年侦探团的创始人，对于踊来说，这些身份都是过去式了。

既没有变圆滑，也不是放弃棱角，更没有学坏，只是单纯地长大了……变成了普通的高中生……虽说这个例子不一定恰当，但踊的心境，应该跟不愿意提起出道初期经历的演员，颇为相似吧。

漫画家和小说家好像也不愿提及自己早期的作品……无论早期作品是否有人气。在接受采访时，也会表示"还有过这种事啊"，摆出一副早就忘光了的姿态。

换言之，就是黑历史。

　　并不是佯装过去的一切都没发生过，只是相比过去，现在更为重要，仅此而已。从"不要活在记忆里"的意义来说，堪称健全至极。

　　踊早已不想再跟学园的运营方针战斗，也不想如美丽的少年那般做侦探了……毫无疑问，他和咲口前辈仍是朋友，却不再是队友了。至于为什么从前自己要做这些事，这些事对自己有多重要、多不可替代，他已经完全想不起来了。

　　没错。

　　他从"小孩的游戏"中毕业了。

　　"就是这么回事。他曾经是一个哪怕跟人说话也要边唱边跳的人。有他在的美少年侦探团，每天都跟音乐剧一样。"

　　回去的路上，咲口前辈略显寂寞地说着这些感伤的话。如今的踊稳重而老成，咲口前辈的描述真是让人无法相信。

　　"美谈之踊——只要他开口唱歌，无论什么事件都会变为美谈。"

　　咲口前辈的口吻像是在谈论故人似的……虽然他的

声线优美，但听起来格外悲伤。

"一进入高中，他好像就停止唱歌跳舞了。"

"为什么要停止？"

"学业繁重，明白了自己的能力离国内顶尖还有很远的距离之类的理由。他本人是这样说的。真相到底为何就不得而知了。"

虽然不知真相为何，但我觉得这些都是真的。我也有哥哥，小时候一同玩耍的"哥哥"，在不知不觉间就变得关系疏远了，感觉这两件事有类似的地方。嗯，双头院兄弟至今关系都很好，这让我稍微松了口气……

高中二年级学生的踊，竟然能把团长和我们之间的关系形容为"向高年级的哥哥姐姐撒娇"，还说什么"多谢你这么疼爱我弟弟"，感觉很可悲。

"虽说现在我是恶劣之人，但升了高中之后会不会也把这些事忘光呢……"

"眉美同学一辈子都会是恶劣之人的，这点你完全不必担心。"

在这种氛围之下，亏他还能说得出这种话——不过算了。

成长、进化、更正、烂熟。

"恶劣之人"这点暂且不论，女扮男装这件事，我不认为自己到了高二还会做……基于周围的现实情况和严肃的社会情势，我不可能再作此打扮。

这事有时间限定，做与不做都在一刹那。

这就是"小孩的游戏"。

正如我的眼睛有朝一日必定会失去光泽，这是一场有朝一日必定会从中毕业的游戏。

这次略带苦涩的前学生会会长访问之旅，不仅让我收获了支持，还得到了一个意想不到的成果。

无论双头院踊过去如何了不起，现在他只是一个普通的高中二年级学生。

没错，就是普通。

不过，如果说双头院踊是货真价实的"普通"，那么现在位居第一的候选人沃野禁止郎绝非普通人。他看似没有个性，但一点儿都不普通。

他一点儿都不普通。

14. 探视途中

我不仅得到了现任学生会会长的支持，还收获了前任学生会会长的应援。如此，正如学园报纸预测的那样，我的支持率在当天跃居第二名（光靠踹一个人就办到了）。

这就叫作狐假虎威。

并且还是双重保险。

"传说中的学生会会长"已经不再是在初中部上学时的他了，但属于他的光芒依然存在，依然强烈且有效。

这次收获的主要是三年级学生的票。

"传说"这个东西，一旦出现，就会疯狂传播……对于踹而言，他肯定不愿意看到现在这种情况，说不定正为此感到羞耻，但对于现在的我们来说，这是一剂强心剂。

只不过，这么努力也只拿下了第二名。

第一名是我的同班同学沃野同学。虽然已经到了可以一决胜负的地步（感觉很对不起那位被我超越了的棒球队队长），但尚且无法实现夙愿。

我们还需要决定性的一击。

不知我们今天要做的这件事能否成为决定性的一击，搞不好还会产生反效果——抱着"赌一把看看"的心态，我和不良学生在放学后朝原候选人长绳目前所住医院的方向走去。

若是平常，这种危险的行动肯定逃不过咲口前辈机敏的觉察；但和踊见面后，他消耗很大，再加上我没能取得第一的事，让他焦头烂额。最近他一个头两个大，如此我们才能瞒天过海。

"美观眉美"。

长绳入住的医院有点儿远，而且医院规定了会面时间，所以我们决定搭乘电车前往——让不良学生这种恐怖型的美少年独自前去总归不太合适，所以我决定同行。但放学后仔细一想，我突然想问一句：这样做真的有意义吗？

长绳是咲口前辈原本钦定的后继者，因为无法参加选举，我成为她的替代者。站在她的立场来看，我算不算是篡夺她位置的敌人？哪怕不良学生的推理是对的，她很可能是不可原谅的叛徒，但我对她来说仍然是妨碍计划的捣乱之辈。

我不认为她会欢迎我。

A班的学生本来就带着偏见居高临下地俯视B班的学生（偏见）。

算了，每次我们不都是这样破罐子破摔地决胜负的吗？

"等着吧，长绳！两个恶人来探望你了！"

"听起来像是不得了的二人组。"

这算什么探望啊。不良学生如此表示。

哎呀，我都说了要一起去，干吗一副不高兴的样子？

"话说回来，不良学生有没有见过踊？你跟我同一年级，跟他应该没有任何接触吧？"

"我跟你的相同之处，也只有同一年级这一点了。因为团长的关系，我跟他见过好几次。只不过，我认识他时，他早就变了。所以长广说的那些话，我都只听一半。搞不好那家伙也会美化自己敬佩的榜样前辈哦。"

"美化……"

"他说过'他变成了一个无聊的大人'之类的话。之所以会说'无聊的大人',是不是认为过去的自己是个'无聊的小孩'呢?"

这到底是讽刺,还是真心话呢?

仔细想想,高中二年级的学生并不能算是大人,不知这是不是语言上的疏忽或失误。只不过,如今的踊确实丧失了少年气和美少年感。

"所谓的'丧失',只是你单方面的见解吧? 对他来说,应该是一种全新的'得到'……不是所有人都会像永久井老师那样,始终保持孩子的底色生活的。"

"声子老师她,是吗……"

的确不能要求大家都像她一样。

毕竟,声子老师是个逃犯啊。

尊敬归尊敬,却无法成为理想。

"这你不必担心。你一辈子都会是恶劣之人。明白吗,是一辈子哦。"

不良学生明明跟咲口前辈形同天敌,两个人却说出了同样的话,假如这算是对我的关爱,那我活得可真够失败的。

不要一直说我是恶劣之人啊！

为了让对方回心转意，我说：

"不良学生，你也是一样的吧？一旦成为高中生，你也会切断过去，重新开始吧？到时候你也会说出'我过去也很坏，很调皮'之类的话吧。"

"啊，不过我都不知道自己会不会去读高中。"

"咦……"

"对了眉美，关于 D 坂事件，慎重起见，我午休时溜出学校去看了看。"

怎么突然切入主题，这小混混刚才是不是说了一件大事？

"刚……刚才你说什么？"

"刚才我说，午休时我溜出学校去现场取证了。我是会把现场走上一百遍的那种人。"

虽说是"溜出学校"，却不是翘课，而是利用午休时间去了现场。这就是不良学生的不良作风吗……和自己有所怀疑的长绳见面之前，首先要做好万全的准备，光从这点就能看出这位番长严肃认真的一面。

目的地近在眼前，现在绝对不能岔开话题，必须进入正题。事到如今也回不去了……

"一旦开始把某事或某物看成某种样子，就会一直这样看下去。你看，那条路是往上开的单行道对吧？"

"嗯。这件事我早就发现了。"

"你干吗老冲着我蹬鼻子上脸的？好了，长绳被撞发生在放学途中，她应该是从上往下地走在人行道上对吧？"

"你终于想到我前几天就在考虑的问题啦，不良学生。"

"也就是说，一直到横穿马路之前，长绳行走的路线跟汽车行驶的动线是相向而行的……那么，她完全能看到迎面驶来的汽车，对吧？"

哦？

这倒是我没考虑过的问题。

因为斑马线会横穿机动车道，我一直在想象长绳被侧面行驶而来的汽车撞飞的画面；而将时间稍微往回倒一点儿，从坂坡往下走的长绳，她应该会从自己的正面观察到疾驰而来的车辆才对。

就算人行道和机动车道之间多少存在一些偏差……不，虽说彼时长绳正在跟朋友通话，但不管聊得有多起劲，也不可能完全看不到眼前的交通情况。

"不行……我没有跟朋友聊得那么起劲过，我完全理解不了。"

"怎么会有这么悲伤的推理方法啊？但你也说过，假如证词是真的，当时长绳既没发邮件又没玩游戏，完全没有看手机画面……她应该能看到上行的车辆，也能看到斑马线这头的信号灯到底是红还是绿……总之，她都应该会停下脚步吧？"

那是当然的。

绝对不可能发生因为角度问题而看不见车辆的情况……更何况这是单行的直线道路，还是上行路……我不认为长绳会如此欠缺危机感，以至于做出类似"虽然看到车辆开上来时没有减速，但信号灯是绿灯，所以不会有问题！"的臆断，然后直接横穿马路。

假如车辆飞驰而来，哪怕斑马线这头是绿灯也不能过马路。

当然，这一切仍旧是纸上谈兵，我们没有任何证据。

很可能当时的情况是，她走下坡路来到斑马线，当时是红灯，于是她停下来等待绿灯，等待的时候走了神，等绿灯亮起时没注意到车道上的情况——这种设想也相当自然。

然而，这些想法说明不了任何事情。无论此次事件是事故，还是伪装成事故的肇事逃逸，两种可能性都存在违和感——如果路上没有任何阻碍视线的东西，那么司机也是能看见长绳的……D坂是一条没什么人气又少有车辆通行的道路，事情发生后，我们很容易认为这是肇事逃逸事件，但刨根问底思考一下就会发现，正因如此，此地才很难发生事故，也不适合伪装事故，想要开车撞人，失败的概率也很高。

这样一来，若说此地适合做什么的话……应该不是伪装事故，而是佯装曾经发生过事故……

"长绳是个什么样的人？我只知道她身上有'优等生''雪女''副会长''高傲的权高女'这样的标签……"

"'高傲的权高女'算是纯粹的坏话吧……我对她不怎么了解。正如你所知道的那样，我跟学生会势不两立。不过，长广对她是绝对信赖的……这点毋庸置疑。"

"唔，真是的，我们在干肮脏的工作了。"

"你认为这种工作肮脏，就说明你的内心本来就肮脏透了。"

"那个，不良学生，如果……"

下一站就是目的地的站点了，我向他询问：

"如果长绳真是叛徒，我们该怎么做？要向咲口前辈和团长报告吗？告诉他们……这种一点儿都不美丽的真相吗？"

"当然不。"

不良学生迅速回答。

"这会变成你我一生的秘密，带进坟墓中去的秘密。选举要靠自己的力量取胜。"

有那么一瞬，我还以为他是在向我求婚。搞得我无比焦灼。别那样胡说八道了行不行。

15. 副会长

长绳住在一间足以摆放得下六张病床的大病房中，面对我们的突然到访，她显得十分惊讶——不良学生绝对不是"代表全班同学来探望"的类型，至于我，纯粹就是"路人甲"。

我们在医院一楼买了束花，算是走个形式。只不过，再也没有像我俩这般跟鲜花完全不搭的二人组了吧？

"欢……欢迎你们……谢……谢谢……"

长绳没有隐藏自己困惑的神情。

她不像我在学园里见到的那样穿着制服，而是穿着病号服，平常梳得一丝不苟的头发也披散着，气质与以往完全不同。

既不像雪女，也不像副会长，完全感受不到足以继承前辈席位的、下任学生会会长的威风。

"那个……袋井同学我还是认识的……不过……你……是谁？"

真的被问"是谁"了。

我歪头想了想"袋井同学又是谁？"——哎呀，对了，不良学生的真名并不是"不良"。

"见似乎是见过的。你是 B 班的……"

她还是知道我的。

身为学生会的成员，知道学校里那个谜之男装女也不值得大惊小怪。

"你是那个对星星很感兴趣的孩子……"

在我穿男装前就认识我啦。

真的很有能力。

不论是住院，还是退出候选人名单，哪怕跟学园中雷厉风行的雪女形象完全不同，她仍是被前辈视为后继者的长绳同学。问题在于，现在的她能否继续和前辈并肩作战。

长绳盖着被子，躺在床上，我看不出她的伤势是否严重……虽说躺着的模样看起来轻松舒适，但也不能单凭这种印象，就给对方安上"骗局"和"自导自演"的罪名。

"我是瞳岛眉美。第……第一次跟你说话……那个，前辈……咲口会长让我来跟你打个招呼……"

惨了，面不改色地扯了个谎。

扯了个未经考虑的谎。

我内心慌得不得了。

"啊，这样啊，你就是代替我成为候选人的瞳岛同学吧。谢谢！"

被人突如其来地道谢，别说内心，我的身体也止不住地惊慌。只见对方猛地起身，一把握住我的手——律动性极好的长绳，以及生硬的我。

然而，就在此刻……

"痛……痛痛痛……"

住院的长绳，似乎无法承受因挪动身体而带来的阵痛，只能弯下上半身。不良学生已反应迅速，立马朝呼叫铃伸出了手，不承想却被长绳制止了："没事，没事。我没问题的，袋井同学。"

"不说这个，太好了。既然你就是瞳岛同学，我有东西交给你——不是咲口会长拜托我做的，而是我自己想做的，本想托朋友转交你的……"

说着，长绳指了指病床一侧的桌子，那里堆放着好几本厚厚的文件。

"住院很闲，没什么事可做……可能你们会觉得我多管闲事，但我觉得或许能派上什么用场。这些都是些我做副会长时所做的工作，用过期学园报纸什么的做成了剪报集……不介意的话，请你带回去吧。"

对方滔滔不绝地说着，让我有些不知所措。我求助般地朝不良学生看去，不良学生却把头扭向另一边。

喂，你倒是朝这边看看啊。

都是因为你，我才会来这里的吧。

但也不该指责他的这种逃避行为，毕竟连我都倍感意外，人称"雪女"的长绳，竟然对我这般友好。

甚至还协助我。

不论她是否无辜，面对代替自己成为候选人的我都会感觉别扭吧。然而她非但没有对我冷嘲热讽，甚至还感谢我。

身为一个"被感谢就会死星人"，我压根无法直视长绳。不对，等一下，这搞不好其实是想把我往死里整的演技。

如果这样就被拉拢了，我身上会立马背负两大罪状，其一是仅凭对道路状况的分析就得出被害人是嫌疑人结论；其二是长久以来一直对同年级的精英女生抱有偏见。

长绳，如果你不是叛徒，为了博得我的好感，请当个高傲的副会长吧……

拜托了！做个让人讨厌的家伙吧！

以居高临下的态度俯瞰愚者，并以此为乐趣吧！

"袋井同学，虽说我跟你有些龃龉，但为了选举，就暂且休战吧。"

"啊，也对。既然我们支持的是同一个候选人，现在暂时做伙伴吧。"

随着对话的深入，"性格超好"的不良学生与宿敌达成和解——你是单细胞生物吗？

我就知道你是这种人！你就是叛徒吧！

不良学生跟只在乎自己安危的我不同，完全没有忘记侦探团的本职工作。

"我有话想要问你……你能说说事故当时的情况吗？"

直接切入主题。

美少年侦探团团规第三条：必须是侦探。

16. 探视归途

　　说过话才发现，雪女出乎意料地平易近人，是个举止温和的妖怪，虽然发生了一些意想不到的麻烦，但问话的过程还是比较顺利的。

　　嗯，其中应该也有我是她尊敬的前辈所支持的对象的缘故（绝对有这层缘故！我并没有忘记擦身而过时被她用轻视的眼光审视的事情！那绝对不是我的被害妄想！）。

　　话说回来……

　　"事故当时的情况？袋井同学，为什么想听这个？"

　　长绳的表情说不上是惊讶，却仍有些不可思议的成分，我立刻接上话头：

　　"你……你别在意！全体相关人员都会问一遍的！"

　　惨了！这不是询问不在场证明时的固定句式吗？

　　说到事故的相关人员，只有长绳一个吧。

　　"是关于这家伙的竞选啦，她想就上下学道路的安全问题提出相关竞选宣言，是选举战略的一环。你看，毕竟她替代长绳你成为候选人，这个身份信息是公开的。现任学生会会长咲口考虑的，是能不能帮你做点儿什么，哪怕是一点点，也能帮你消除一些遗憾。"

不良学生，我从前可一直以为你是率直而又不会扯谎的不良学生的啊！

我再也不会相信你了。

不仅料理做得好，而且巧舌如簧。

"原来是这样……"

长绳感动不已，眼中浮现泪光。

"现任学生会会长咲口"的名号实在太有效了。

接下去，所有的话都被和盘托出。

"但我对咲口前辈说过了，当时的情况几乎不记得……因为事故的刺激而丧失记忆这种事，就算是电视剧桥段，也会让人觉得很假，但我真的碰到了。别说是车子的型号或车牌号，就连那天我为什么会走 D 坂回家都想不起来了……如果我走平常的路线，就不会发生这种事了……"

"你是说，D 坂不是你平常上下学走的路？"

"嗯，女生独自走那条冷清的路还是有点儿……不是有急事或特别状况的话……作为回家路线，总觉得那条路特别危险……"

当时她是有什么急事吗？

还是说，有什么特别的状况？

例如被某人叫了出去？难道是巧妙的诱导吗？性格恶劣的我瞬间将怀疑目标锁定在了事故当时跟长绳通话的朋友身上，但不良学生应该已经接触过她了。

假如对方情况可疑，不良学生肯定会跟我讨论的——正在和自己打电话的朋友突然遭遇了事故，这位朋友似乎也不知所措……

如果不是通话对象干的，那又是谁，以什么样的理由诱导长绳到 D 坂去的呢……就算不去设想阴谋，长绳在那天的那个时刻选择走 D 坂，肯定也是有某种理由的。

当然了，也有可能是心血来潮之类的原因。我太执着于这点是不是不太好？

无论如何，了解过情况之后，我和不良学生不得不承认：D 坂交通事故是"骗局"和"自导自演"的可能性，接近于零。

　　长绳的人品毋庸置疑，而且积极配合。她掀开被子，将大腿上的伤痕露出来。她说："我再也不想遭遇这种不幸的交通事故了。"当然，说这话时，病床周围已用帘子隔断，身为异性的不良学生也暂且退出室内。尽管如此，向几乎算是初次见面的我展示身体的伤痕，还是会有些尴尬吧。

　　当然，伤痕也可能是她自己撞向静止的车辆造成的。但这种推理终究还是没有证据支撑——当我看到血淋淋的、尚未恢复的伤痕时，这种推理不攻自破。

　　我为自己之前怀疑过长绳而深深愧疚，这场探视之于我而言，似乎只有这一种意义……不，毕竟拿到了对选举有用的文件，所以这次访问是很有意义的。如此就不得不把对长绳的怀疑摘得干干净净了。

　　干干净净。

　　这也能称得上是一种"美丽"吧。

　　并非美丽的推理，而是美丽的误认。

　　"好！不良学生，按照约定好的，就把这次探视的事情带进坟墓去吧！这可是专属我们两个人的秘密！"

　　"只有在怀疑成为真相的条件下，这个约定才成立。

我会向团长仔细报告，跟长广统一口径。"

离开医院踏上归途时，不良学生直接否决了我的提议——哎呀，彻底被副会长拉拢了。

"哼，搞得我像在吃长绳的醋一样。"

"才没那么可爱。你不过跟平常一样，试图隐瞒自己的失败而已。"

"算是吧！"

"不许笑着给我点赞。"

负责肮脏工作，结果却让自己内心的肮脏更加清晰。

"哎呀，到了高二，这些事会不会变成笑话呢？"

"千万别灰心，你不要从小孩的游戏中毕业啊。你永远都会是恶劣之人的。如果真的无法忍受，就全算是我的错好了。谁让我的推理总是不准呢。"

"呜……想趁机积攒人品吗……那可不行，至少也要背负罪孽，才能勉强让我维持好感度！"

"打从一开始，对你的好感度就是零吧！"

假如长绳是叛徒，只要能证明这点，就有可能顺藤摸瓜地查出幕后黑手；嗯，但所谓的幕后黑手好像并不存在，至少不在长绳背后。

如今应该兴致勃勃地庆贺吗？

咲口前辈信赖的部下，被视为学生会会长继承人的副会长，其实是叛徒和内奸——我们居然得出这样的结论，实在是无可救药。

但我忽略了一点。

就算不存在"幕后黑手"，"D坂肇事逃逸犯"依然有可能存在。换言之，替代长绳成为候选人的我，此时此刻，依然处于可能会被车撞倒的危险状况之中。

而我完全忘记了这件事。

我在放学之后决定前往距离较远的医院这件事，也能说明我的警惕心有所放松吧。从医院返回车站的这条路，说不上狭窄也说不上宽敞，而且没有人行步道。

在我们身后，一辆完全没有减速，甚至还在加速中的汽车笔直地撞了过来。

17."回家路上的肇事逃逸犯"

我心里其实是明白的：有被车撞的可能和真的被车撞是两回事——虽然经常听到"相比彩票中一等奖，遭遇交通事故的概率要更大"的说法，但我总觉得将这两者进行比较是有点问题的。毕竟彩票中一等奖的可能性会让人开心，而迟早都要遭遇交通事故的可能性压根让人开心不起来，可谓压根无法直视——开心的事总比不开心的事要好——我或许忽略了"美观眉美"不该忽略的事。

这不叫美观而叫乐观。

本该明白，却没有明白。

自从成为代理候选人，我就有可能被车撞——啊，马上要被撞了。

现在就被撞了。

遭受的冲击强烈到让我不由得产生了这种错觉。

不良学生狠狠将我推了一把，我被推飞到了路边——他的行为相当粗暴，但为了救下双腿发抖、全身发软的我，大概也只能这样做了吧。

对，只能这样做了。

当时的我惊恐万分，根本动弹不得。我意识到，这并非后方车辆因失误而造成的意外追尾。

而是很明确地冲我而来。

以"汽车"为凶器——冲我而来的袭击。

让我惧怕的是对方明确的伤害意图——我曾经经历过绑架，也潜入过非法赌场，但我从未遭受过这种直接的身体伤害。

假如不是不良学生将我一把推开的话……不良学生呢？

借助把我推开的反作用力，他撞到了马路的另一边——哇，好节能的救命方法。

"眉美！确认车牌号！"

袭击以失败告终，汽车正在加速，意图逃跑。在不良学生的催促下，我立刻扭头向车辆看去——该说是万幸吗？被不良学生一把推出去的过程中，我的眼镜不知掉在了哪里，也就不必费事摘眼镜了。

然而，飞驰的汽车早就摘掉了车牌。就算我的视力再好，也看不到不存在的东西……车牌的不存在，更证明了恶意的存在。

恶意的证明。

这绝不是不小心撞到了两个走在路上的初中生，而是经过事先计划，从一开始就确实地、百分百地瞄准了我们背后所进行的伏击。

"恶意和'D坂肇事逃逸犯'都是真实存在的……这点很明确了……但……到底是什么人……"

"这点也很明确了……"

"啊？"

不良学生手掌力道之强烈，让我不禁怀疑身上被他推出了一个空洞，我的宝贝眼镜也在被推开的瞬间朝截然相反的方向飞去。也正因如此，当我在半空飞舞时，就用裸眼将试图撞我的车辆从前端看了个真切。我的身体僵硬，眼睛连眨都不敢眨——我捕捉到了那辆车——车牌被拆掉了，所以我不可能看到，但我看到了这辆车的型号和颜色，以及……

雾化玻璃内侧紧握方向盘的驾驶员，他的脸被我清晰地捕捉到了。那是……

  那是我认识的脸。那是我熟悉的脸。

  那是坐在我隔壁座位的、没个性的脸。

18. 美少年紧急会议

"差点儿被同班同学杀掉？那个跟你有竞争关系的候选人沃野同学？更重要的是，初中生开车已经是严重违反了道路交通法了……"

在听取了我和不良学生的报告（事后报告）之后，咲口前辈蹙着眉，不可置信地说着……嗯，我们擅自去见长绳一事同样令他不可置信，但毕竟一个小时前，我们险些遭遇车祸，他暂时没心情训斥我们。

幸好差点儿被撞！

我完全没这样想。

压根不可能想到这点的啦！

正因如此，我们返回美术室后，美少年侦探团召开了紧急会议，大家全员集结，围坐在桌前。

连总是用颠倒的姿势大秀美腿的美腿同学，都摆出正常的姿势端坐在沙发上，足以看出此事的严重程度。

团长双臂交抱面露难色，天才少年比平常更加寡言——正值晚餐时分，不良学生或许是为了激励大家，发挥出比平常更棒的水平，也不知大家是否能完全品尝出其中的滋味。

"连自己都开始怀疑自己的眼睛……没错，就是'怀疑自己的眼睛'。连我都觉得那不可能，很快就把那种愚蠢的可能性给驳回了。但那毫无疑问就是……"

假设"D坂肇事逃逸犯"真的存在并且跟选举战有关系，那么实际执行的犯人应该是与此事无关的成年人比较合理吧。我本以为，肯定是初中生的选举活动被卷入了类似学园运营、教育方针等成年人的事情之中。

所以，"候选人本人就是肇事逃逸的实际执行犯"这种可能性，早就在我脑海中被否定掉了……

"撞眉美的家伙跟撞长绳的家伙，也不一定就是同一个人吧……"

"怎么说呢，我不认为故意去撞初中生的家伙会有很多。"

"沃野同学确实是司机，但他会不会是被谁威胁了？或许他没打算真的撞上眉美，只是想警告她一下什么的……"

咲口前辈用一种更加现实的思路帮助不良学生和美腿同学进行分析。嗯，沃野同学试图搭上"D坂肇事逃逸犯"的顺风车，将竞争对手给端下去的可能性当然存在，但若说他只是警告我一下，身为当事人，我无法认同。

在分析长绳被撞事件时，我尚能保持客观性。但事到如今，若我还没有意识到危机四伏的状况，未免安逸过头了。

假如我没有被不良学生一把推开，我绝对会被撞飞——就算真的只是想警告我，对方也绝对是抱着"就算撞飞也无所谓"的心情。

"幸亏我穿了男装，布料比较厚实，否则经你那么一推，我会骨折的吧。真是很难对你那么大的手劲表示感谢啊。"

"不好意思，当时的情况不容我手下留情。"

"换成是我，就会推得更加柔和一些。"

总感觉美腿同学口中的"柔和"另有所指，但他的笑话还是让气氛缓和了下来。

前辈再度发表见解：

"沃野可能发现了小满同学和眉美同学去探视长绳的计划，并且知道了你们拿到了长绳准备的选举对策文件。或许他惧怕支持率有可能会逆转，所以沃野同学使用了强硬手段。"

嗯，这样是说得通的。

但沃野同学为什么会固执地想要得到学生会会长的宝座呢……至少，我作为他邻座的同学，完全看不出他热衷此道。

或许是因为朋友间玩的惩罚游戏才当候选人的，又或许是为了创造回忆，为了升入高中时可以有额外加分才当候选人的……但就算如此，沃野同学也没必要以触犯法律为代价获胜吧。

如果他和希望咲口政权倒台的学园是一伙的，按照目前的情况判断，这么一个对学园言听计从的学生会会长候选人，可以认为是傀儡政权派出的代表了——但这种人应该不会亲自驾车吧。

我想起来了。

我想起他想要撞倒我的那张脸——隔着雾化玻璃，常人的眼睛应该是看不到沃野禁止郎的脸的。

我想起看到不该看的东西时的心情。

"他当时是斜视的……"

"斜视？"

听我这么一说，前辈歪了歪头。

"没错，斜视。当时沃野同学没有看向正面，是斜视。"

"也就是说，沃野同学不是故意的，而是因为疏忽驾驶，才会从后方撞向了两位？"

我所提供的情报和之前的推理完全矛盾，前辈似乎觉得还有救，于是就给出了这样的解释——但我想告诉大家的恰恰相反。

"在他想撞我的时候——想撞人的时候，是单手握方向盘，眼睛一直盯着另一只手中的手机，似乎是在查看邮件或玩游戏吧——开车像是随便开着玩的——开车撞我这事，对他来说正如字面意思那样，是'用空闲时间随便开着玩的'。"

就像边吃饭边读报，或者边做伸展运动边看电视那样，他就是以这种漫不经心的恶劣态度开车撞向我的——也可以说，正因如此我才能得救。

话是可以这样说，但绝对算不上是幸运。

若是像漫画情节似的，遇到了没有感情的职业杀手，对方抱有强烈杀意，想要威胁自己的性命什么的，还算是有救。

可沃野同学是边看手机，边面带笑意，就好像在看什么可爱的小猫咪的动画一样——带着这种人情味和亲和力，试图撞倒邻座的我。

长绳是边与友人打电话边被蓄意撞倒的，我的情况完全不能和她相提并论，真是太罔顾交通规则了！

太荒谬了。

他想要的绝不仅仅是在选举中获胜。我能够感受到他的身后有不寻常的势力。如果那种人当选了学生会会长，指轮学园初中部会变成什么样？

我必须阻止他——我能做得到吗？能下定决心吗？

我只是一个欠缺使命感的人，无论先前的事是单纯的威胁还是复杂的杀意，都成功地在我心中埋下了恐惧的种子。

好恐怖。

这些事情成功让我害怕汽车，害怕到不敢再次踏上马路，但比起这些，我更怕沃野同学，怕到不想跟他有任何联系。

不仅想换座位，甚至都想转班。

不，干脆转学吧。

跟那种没个性的人成为选举战的竞争对手，还要与之为战什么的……

"眉美同学，还是别干了吧？"

团长似乎能够读出我心中的胆怯，保持双臂交抱的姿势如此说道。

他的声音不像平时那样响亮爽朗，说话的态度像是在关心我。

"搞不好下次真的会死，搞不好真的会被杀掉。你的志向和努力的态度虽然很美，但任何事都不值得拿命去拼。"

只是小孩的游戏罢了。

他如此说道。

让我撤退？这不该是团长给出的方案吧。

团长不是那种边说乱七八糟的话，边放弃良知和常识的人——直到这一刻之前，他都是该查的查，该严责的严责。

因此正因为如此，他做出的才是正确的决断。只不过……

"说得也对。就算不是警告，也是示威。立刻退出候选人名单，应该就不会碰到危险了。眉美同学，虽然我说过一些不着边际的混账话，但我并不是真的认为你是那种被车撞了也无所谓的人。"

哎呀。

这话也没说错。

"没错……如果只是和学园那边有课程方针相关的争执的话，也可以通过其他手段交涉……目前，你暂时退出才是聪明之举。我并非真的认为让你被车撞就是最好的……"

不要老是重复不言自明的话啦。

搞得跟你真的这样想过似的。

"也对，大家都只有一条命。就算要冒险，也不能冒着生命危险啊……当然，我也不认为眉美被车撞也无所谓，真心的。"

你还没这样说过吧？

总之，无论是美腿同学还是沉默中的天才少年都没有反对团长的撤退方案——不，他们向来不会反对团长的提案，但这次的不反对，绝对不是因为提案人是团长。

面对"D坂肇事逃逸犯"，全员不得不承认败北的事实——全员？

不对。

我还没承认呢！

"不放弃，我绝对不放弃。的确是小孩的游戏。正因如此，我绝不放弃。"

"唔，不过啊，眉美同学……"

"就此放弃的话，就一点儿都不美丽，不是少年，也不是侦探了——更重要的是，就不是团队了。"

这并非一时意气用事，也绝非心气太盛。

真要说的话，是怒火。

我一直被大家保护着，面对各色情况，也始终以局外人的状态思考，就算事情威胁到了我，我内心也只是一团瞬间熄灭的火焰。

但我忍不了。

让双头院学说出"还是别干了"这点，我绝对无法原谅——其他四个人也是。

都怪我，都是为了我，才让不良学生、咲口前辈、美腿同学和天才少年听到了团长的这种发言，这点我绝对忍不了。

总有一天我们会毕业的。

小孩的游戏总有一天会结束的。

有朝一日，小五郎也会成长为如他兄长那般爽朗的青少年吧——从令人惊艳的美少年变为一个普通的俊朗青年。

这件事总有一天会发生，但绝不应该是现在。

怎么能让他屈服于卑劣的肇事逃逸犯？怎么可以因这种事而成长？

绝对不能让"美学之学"从失败中学习。

"既然要学，就该从美丽中学习。比起常识和良知，美的意识更重要。我没说错吧？团长，还有各位。"

"什么叫'还有各位'。不要张开双臂啦。"

不良学生心情愉快地插嘴，我却万分认真。当然，我不愿意为了学园的运营方针这类事情葬送小命，但我也并不是为了让这些可恶的美少年守护自己，才站在这间美术室里的。

我不是公主，我也是美少年。

"哎呀，我好像失言了。被眉美同学上了一课呀！不知不觉间，你也成为美少年侦探团出色的成员了，再也不是见习美少年了。"

"咦，我还是见习的吗？……"

大受刺激。

我一直在向大家学习。

"那好！眉美同学，还有诸位！先前的发言取消，让我修改一下提案！"

团长终于不再双臂交抱，他挺起胸膛，用一如往常的欢快语调，轻快而美丽地说：

"我们继续往下干！"

19. 留宿选举

　　放学之后，可谓危机四伏。还不知哪条路、哪个方向会有汽车驶来，除了 D 坂，其他地方也很危险。为了应对这种危机状况，我们制定了一个彻底的计划。

　　这个计划就是：不放学。

　　我很开心不良学生和美腿同学愿意形影不离地做我的保镖，而且多亏了他们，我才捡回一条命。但话说回来，我这些值得信赖的同伴全都是笨蛋，搞不好会因为保护我而遭遇车祸。那个时候将我一把推开的不良学生就有被撞的危险——我不是被车撞也无所谓的人，同样的，世上也不存在哪怕被车撞也无所谓的美少年。

　　到底该怎么办呢？

　　虽说很怕再次走在路上，但在这个汽车社会之中，又不可能完全不在路上走……这时，团长提出了关键性意见：

　　"让眉美留宿在美术室直到选举当日不就好了。幸好这里家具一应俱全——还缺……对了，还需要洗澡。创作，能在今天之内准备好桧风吕[1]吗？"

"只要是为了眉。"

哇，天才少年正常地说话了。

意思是说，只要是为了我，他就能准备好桧风吕？说到洗澡，居然破天荒地想到桧风吕，这种发散性思维着实荒唐。

"你……你……创作管你叫'眉'？"

惨了，可耻的爱称在讽刺家面前曝光了。被后辈看扁的事败露了。

"不……不说这个了，在这里过夜……也……也好，有睡着很舒服的床，还有专属厨师……"

"想要专属厨师的话，就让我多讨论一下你的爱称吧，'眉'！"

"有了浴室，生活方面就没有任何不便了，只不过……"

这样真的没问题吗？

1　一种用有香味的木桶做浴缸的洗澡方式，深得日本人喜爱。

不，撇开好或不好暂且不论，再也没有哪种针对肇事逃逸犯的对策比这更强了……完全和道路绝缘。

就算是笨蛋，也不可能在生活在学校四楼的情况下还被车撞……这又不是什么好莱坞大片。

想撞的话尽管撞撞看。

"但……但是天才少年，真的要搞桧风吕吗？距离选举日也就不到一星期了，说到底，我可以去借用运动部的浴室……"

说是"说到底"，但一般都会这样做的吧。

怎么说呢，这的确是美少年侦探团的做派。

"与其使用运动部在削减了预算的基础上搞出来的那少得可怜的几个淋浴头，不如在这里放一个浴缸。不用桧风吕，能泡脚就行。"

美腿同学发表了符合美腿同学气质的言论，又改变了一下姿势——他翻了个身，双脚"啪嗒啪嗒"乱拍，很像在做足浴。

"不用担心没有地方，预备室那边还有空间。不必有所顾虑。"

"就这样决定了。这样一来，眉美同学的安全就得到了确保。那好，我们会把保护措施继续做下去的，我们下一任的学生会会长！对了，长广，关于最后一天的应援演讲……"

在尚未完全确定好留宿计划的情况下，团长已将话题向前推进，谈话也就此终结。虽然此刻并非文化祭前夜，我仍然要在学校留宿[1]。

搞什么嘛！

为了人身安全，我在短期留宿期间过上了"软禁生活"——每天在带顶棚的大床上睁开眼，坐在软绵绵的沙发上尽情享受专属厨师送上的料理，在被来自东西方的各种艺术品包围的环境中接受美容师的精心打扮，在水温适宜的桧风吕中治愈选举活动带来的疲劳，接受拥有美声的家庭教师关于演说的讲座，最后，以老爷钟钟摆的声音为摇篮曲，在带顶棚的大床上入眠！

惨了。

这种极尽奢华的"软禁"是怎么回事！

1　日本的学校通常每年举办对外开放的文化祭，为了布置活动现场，文化祭前夜会让学生留宿学校。

毫无痛苦可言！

选举不尽早结束的话，我很快就会完蛋的，以一个"人"的身份。

明明是恶劣的"人渣"，居然要以"人"的身份完蛋。

话说回来，虽说每天都被热情招待，但我松懈不得。放学后的安全是得到了保证（都没放学这回事了，那也是理所当然的），但想要撞飞我的"D坂肇事逃逸犯"，可就跟我坐在同一间教室里，而且还是我的邻座。

既然他采取的战略是以交通事故进行伪装，那应该不会在学校对我出手，但这样一来，任何事都得不到确保——事故发生或不发生都不奇怪。而我身为候选人，又不能随便旷课。

至少我可以确认，沃野同学是那天袭击我的人。所以我们想出了以此为诱饵追查他的办法，但讨论的最终结果是，还是不要进行深入追查。

我们没有证据，唯一有的是我的证词。

只是"肇事逃逸未遂"，就算报警，我也不认为会搞出比长绳被撞时更大的搜查动静。既然如此，干脆佯装成什么都没察觉才是上策。

如果说这种状况之下，美少年侦探团面对"D坂肇事逃逸犯"有什么优势的话，那就是对方没有注意到我方发现了他的真实身份。

他应该会认为，尽管开车撞我这件事以失败告终，但自己的真实身份仍然藏得好好的。他应该不知道，"美观眉美"的视力非常惊人，能够透视雾化玻璃。

一旦知晓自己的真实身份已被曝光，沃野同学很可能会不择手段来赢得选举的胜利。既然如此，我还是继续伪装成一个遭遇暗算却搞不清情况的笨蛋比较好。如此，既能保证安全，又能观察进攻的时机。

我很擅长伪装成笨蛋。这可是我从生下来开始就一直在演绎的角色啊！

当然，坐在想要撞飞自己的人身边，学习方面肯定会受影响；但不知是不是我们的计划奏效了，自从我开始在"学校酒店·美术室行政套房"居住后，沃野同学再也没对我动过什么手脚。

有一次，我鼓起勇气（我偶尔也会这样的）请求他再次跟我合看课本，他也没什么特别的表示，直接把课桌并拢过来。

我们合看了画着涂鸦又划了重点的课本。

这种不知悔改的试探方式，（再一次）遭到了来自美腿同学的严肃说教（美少年侦探团向来爱搞治愈这套，一旦我动真格地挑战，那孩子就真的会发怒），因此我没有进行第二次（是第三次吧）尝试；但仅从邻座的角度进行观察，怎么说呢，我完全感受不到邻座同学拥有"平心静气地开车把人给撞飞"的气场。

明知不可能，我还是怀疑自己是不是看错了。

说得直白点儿就是，这件事很怪。

跟踊见过面之后，我就明白了，每个人都有独特的个性。这种话有点儿像诡辩，但无论是谁，多少都会有些怪异和糟糕的方面。

正是因为太不可疑了，所以才可疑。

没有纰漏。

这算不上侦探的推理，而是推理剧预告下面可以看到的观众感想。话虽如此，就算没有美腿同学的严肃说教，基于"同为候选人，最好不要过分接触"的判断，我也没有继续深入试探。

"为了不留遗憾，我们都要努力！"

"嗯！加油！"

我们之间只有这种空洞的对话。

太圆滑了！

也太让我丢人现眼了。

就这样，我在教室里度过了一段不自在、不安稳又不安心的日子，和在美术室的日子真是截然相反。不过，这段时间，我的选举活动进行得还算顺利。

长绳交给我的资料在争取社团联合方面起了很大的作用——当然，我只是普通学生，不具备相关知识，就算看了也搞不懂那些资料到底有什么用；经前辈讲解，我才明白自己可以利用这些资料进行宣传。

"我只是一味地宣扬自己的理想，落实的工作全都交给长绳处理。这份资料非常有帮助，所以我才希望她能够做我的继任者……"

嗯。

既然有了我这个代理，前辈就不能再要求我把这些资料交给其他人——前辈再如何能说会道，这点都是办不到的。正因为能说会道，所以办不到。

毕竟长绳的态度和我怀疑的相反，她对我肯定还是有过一些复杂的揣测，但她还是主动把为自己整理的资料交给了我。她的爽快并不是逞强。单凭这点，无论如何，这场选举我都不能输。

无论如何都不能输，哪怕搞得自己浑身污泥。

必须美丽地获胜。

我在美术创作为我准备的室内桧风吕中，一边接受天才少年精心的头发护理，一边坚定地立下誓言。

20. 最终环节

投票日前日。

学园报纸调查问卷结果如下：

第一名：瞳岛眉美（二年级 B 班）53%

第二名：沃野禁止郎（二年级 B 班）42%

以下省略。

我会被杀的吧？

21. 投票规则

事到如今，我终于要向大家介绍指轮学园初中部的选举制度了。

从程序上来说是这样的：

全校学生在讲堂集合；全体候选人按照顺序演讲，陈述如果自己当上学生会会长将如何管理学园，进行什么样的改革等；现场演讲之际，不光是候选人，候选人的支持者也要进行应援演讲。

听过每位推荐者和候选人的演讲之后，学生在事先分发的投票用纸上写下自己支持之人的名字，折好后放进投票箱，进行匿名投票。

这是标准的学生选举投票形式，但实际上，这种形式在这几年内压根就没被执行过（咲口前辈在入学仪式上发表了演讲，随后就直接担任了学生会会长——他上二年级那年，不需要举办选举），这让处于休眠状态的选举管理委员会和老师们全都惊慌失措。

话说，当时为一年级的咲口长广进行应援演讲的，正是传说中的双头院踊。

顺带一提，当时的演讲顺序以候选人的学年班级和学号为准。这次没有一年级的候选人，演讲从二年级A班的候选人开始，身在二年级B班、姓氏发音在"TA"行的我倒数第二出场，同在二年级B班、姓氏发音在"YA"行的沃野同学压轴[1]。

我的应援演讲，自然是由现任学生会会长咲口长广进行。既然有演讲名手的加持，我的支持率应该也有所保证吧。

在我之后的演讲，大部分都不足为惧……只不过，沃野同学的演讲会在我们的演讲全部结束之后进行。

换言之，对方采取了后攻。

他会说些什么，我完全预测不到。

不得不考虑"再见，我输了"的可能性。

不良学生竭尽所能地做了调查，依旧无法得知沃野

---

1 瞳岛眉美的日语发音为Doujima Mayumi，"Do"为"To"的浊音，在50音图里排"Ta"行；沃野禁止郎发音为Yokuya Kinshirou，"Yo"排"Ya"行，在"Ta"行之后。

同学的演讲内容。我们只知道，为沃野同学做应援演讲的是他在 C 班的朋友……总觉得顺当过了头，真想吐槽一下这种毫无吐槽之处的状况。

总而言之，时间到了。

尽人事听天命，或者说，只能顾眼前而不管将来了。毕竟在轮到自己演讲之前，我也只能手忙脚乱地排着队，站在讲堂里听别人演讲。

候选人也有投票的权利。

我当然会投票给自己——然而听着二年级 A 班候选人的最终演讲（应援演讲和本人演讲），不知为什么就想投给这位候选人了，这也是我的真实心情。

为什么这位棒球队队长不能做学生会会长呢？

我暗想——不，应该说是认真地思考。

我们全都盯着沃野同学，把其他候选人当作炮灰候补，但这些人之所以能成为候选人也都各有理由，他们的名气和背景也都是响当当的。

如果他们要输给我这种恶劣之人，该有多么意外啊——万幸，我是个恶劣之人的事实至今没有在大家面前曝光……根据先前的问卷调查，他们的败局已定，但一想到今天是他们和她们下定决心、拼尽全力准备的最重要的比赛的，我就倍感内疚。

我的竞选团队简直是在犯规。

虽说没有开车撞人，但指轮学园初中部最耀眼的四大势力倾巢而出，为我造势，每个人使出的几乎都是绝招。

对了……我只顾着拼命想着如何以自己的方式回应他们的支持，却没有仔细思考过，长绳退出之后，沃野同学是怎么登上候选人首席的。

为什么不是A班其他的候选人，而是沃野同学？反过来说……其他候选人为什么不像沃野同学这般能够拉拢学生们的心？

单论听到的演讲内容，我不觉得他们和她们有什么特别的问题……长绳会被盯上，是为了让她退出竞选，我也因同样的理由被盯上，那其他候选人为什么没被盯上？

"为什么沃野同学没有理会那些人？为什么沃野同学没对那些人露出毒牙？你是不是觉得很不可思议？"

站在旁边队列的沃野同学在嘈杂的环境中，用他那毫无个性的声音，在我耳畔如此低语。

22. 耳畔的低语

"之所以没去撞那些人，是因为太麻烦了。我可不是以撞人为乐的人。撞长绳自有其道理。瞳岛，撞你也是有道理的——你们有现任学生会会长做后援。至于其他家伙，放任不管也没关系，他们会落选的。"

就算拿到了凶手自白，也做不了证据。

这是现代搜查的基本常识。

因此无论对方窃窃私语说了些什么，我都不能立刻全盘接受。如果没有其他证据，仅凭这些话不能证明任何事。

推定无罪。疑罪从无。

没错，只要他没有"暴露秘密"，即"说出只有犯人才知道的情报"……

"哪怕D坂的调查搞得再大，都只能说是毫无意义地'把现场走上一百遍'。因为啊，我开车撞长绳的现场不在D坂，而在C坂——在C坂愉快地把长绳撞飞之后，又把她塞进后备厢，搬运到D坂的斑马线上去啦。"

"暴露秘密"了。

是主动暴露的。

犯人的诡计说明，简直就像古代那种会公开自己诡计的奸臣一样。

冷静。别被吓坏了，冷静下来。

以美少年的标准来看，我们还不错；以团队合作的标准来看，我们也算勉强及格；但如果以侦探的标准来看，我们就太差劲了——如果我们拥有卓越的推理能力，这种诡计一眼就能看穿吧。

啊，也只能接受这样的自己了。

哪怕再搜查一百年，D坂附近都找不出任何证据。

长绳以及和她通话的朋友，全都因为事故的刺激而记忆浑浊了吧——长绳曾表示自己也不清楚为什么会出现在D坂，那是因为，当时长绳压根就不在那里。

她以为自己被撞到失去记忆了。

压根不是被撞到失忆……如果被告知自己是在D坂失去意识的，当事人就不得不将现实置于优先位置。

选择驾车撞人这种花哨而又难以收场的行凶手段，

此处也得到了印证……正如天才少年所指出的那般，使出这种诡计的犯人，不会被视为暴徒，只是肇事逃逸犯。

而我之所以在探视长绳之后就被袭击，并非我拿到了有利于选举的文件，而是我直接向她问过话，真相就……说不定觉察到了真正的事故现场……？

不……不对，不过……

乍听之下，这个诡计简单至极——用推理术语来说，这不过是经典的移动尸体，导致误判犯罪现场诡计的变体罢了。但这种诡计只适用于古典推理中吧，如果使用现代科学搜查技术，若是利用车辆后备厢转移尸体，肯定能找出尸斑或其他什么东西来的——假如搬运的是"尸体"的话。

驾车撞向行走的女生，再把失去意识的她从现场搬离，是不会留下这种痕迹的——就算有什么痕迹，只要不是太严重的伤，也是查不出来的。

"D坂肇事逃逸犯"，或者说"C坂肇事逃逸犯"并不想撞死长绳。如果不当心让她死了反倒麻烦——这并非善意。

反而令人毛骨悚然。

瞄准对方通话的时机，驾车撞过去，只为了取得对方朋友"确实发生了事故"的证词，并且及时通报——哪怕事故现场不明确，只要知道是"放学的路上"，救护车还是能赶过去的。

虽然不是试图撞死人的凶残行为，但这起肇事逃逸事件的动机竟然是这个，简直让人不敢相信。

简直让人不敢相信这就是真相，不会是这样的。

这种感觉是"如果我失败了，我就彻底失败了"，这种感觉相当复杂也相当恐怖——跟那辆冲向我的车一样恐怖。

是主动向我坦白也好，是不小心暴露秘密也罢，越是如此，沃野同学就越不像是犯人。

我不认为他就是犯人——不想这样去想。

第一，就算要坦白，干吗选这种时机？为什么偏要挑距离彼此的最终演讲只剩几分钟的此刻？

"瞳岛，我之所以现在坦白，是要让你在演讲之前，因无法期待那群美少年的帮助，而感到动摇和不安，以提高我的胜算。听懂了吗？"

"懂……"

好像懂，又好像不懂。

我只知道我并不想懂。这个跟我立场对立的候选人到底在说些什么啊？如果他的目的是让我产生动摇的话，那我确实动摇了。

我的内心不停摇摆，搞不好身体都在颤抖。

不良学生、美腿同学、天才少年，还有准备进行应援演讲的咲口前辈，此刻都在各自班级的队列中。至于团长，当然是在小学部。

此刻的我孤立无援，大家都认为在众目睽睽之下，在全校学生聚集的地方，沃野同学不会加害于我——我们认定，相互之间的盘外招[1]应该都用完了。

对方竟然在这种时候发动心理战，搞不好我真的会屈服。

假如我不是事先已经知道沃野同学就是货真价实的"D坂肇事逃逸犯"——假如我当时不是亲眼所见，搞不好此刻真的会因为得到的"新情报"而内心崩溃，"嘎巴"一下屈服呢。

---

1 通过非直接战术手段干扰对方思路，使其心理不稳定、情绪波动。

我忍住了。

尽管有过动摇，心脏也猛烈地跳个不停，几乎喘不上气来，但我总算是站稳了。

"你到底是什么人？"

"嗯？"

看到我还能问出这种话，沃野同学似乎感到很意外，他顿了顿，面对我百思不得其解的问题，他这样回答：

"我就是个'没有任何长处，随处可见的平凡初中生'，就是那种经常被写进轻小说里的家伙……平凡地生活，平凡地好好学习或不好好学习，平凡地认真运动或不认真运动，平凡地被人喜欢或遭人讨厌，还有，平凡地迫于形势而杀人。"

随处可见的平凡初中生，没有任何长处，也没有存在感。

我终于明白了。

一周之前，当我听说和我一起成为候选人的竞争对手是自己的同班同学时，我才第一次意识到那人居然是我邻座的男生——这就是我对他的第一印象。美腿同学说得没错，我应该相信自己那时候的直觉。

"我们班有'沃野同学'这号人吗?"

没有!

绝对没有!二年级 B 班不存在名叫沃野禁止郎的学生!

真是大反转。

根本不是什么初中男生试图驾车撞人致死!说到底,这家伙根本不是指轮学园初中部的学生!

应该会有违和感的。应该就是没个性的。

因为他只是个像是初中生的集合体。

并非平凡,而是平均。

他就是个把初中男生该有的模样给拼凑起来的样子,个性也是东拼西凑的——目的就在于埋没在一帮初中生中,当然不能让个性突出。

"沃野禁止郎"恐怕也不是真名。

哪怕叫"落下伞候补"也没差。

说是"落下伞",更像是落下的炸弹。

仅仅是想成为学生会会长,仅仅为了这点儿事,他就能表现出一副之前就在这里有学籍的样子,不知不觉间混进二年级 B 班上课。这个男人究竟是⋯⋯

这个人到底做了多荒唐的准备才来参加这场选举战的？

说到比沃野同学准备更为充分的候选人，那就只有被咲口前辈当作后继者而精心培养的长绳了……所以她才会被盯上？

对方并非我这种毫无存在感的人，而是能自然地融入各种环境中的人。我竟然跟那种人战斗过吗？跟那种人成为邻座？跟那种人一起竞争？

这些事情更令我毛骨悚然。

相比被车撞，开车撞人的家伙应该更加危险才对……而这家伙，岂止是危险？

我又想起了彩票的比喻。

相比彩票中一等奖，遭遇交通事故的概率更大——碰这种肇事逃逸犯的概率，岂不是比中彩票还小？

这种全世界最普通的凡庸之人，哪怕给我一亿日元我都不想碰到。

到底是谁，把这个炸弹候选人给投送到指轮学园初中部来的——学园的什么人？还是指轮财团的什么势力？

可以确认的是，这并非他本人的意志。

这种没个性的家伙当然也不会有意志——没有志向，没有心。

什么都没有。

"哼，居然还站得住，你倒比我想象的有毅力。老实说，我以为你会贫血倒地的，倒是让我吃了一惊。那时候真该认真地把你给撞飞。"

"认真地"。

不该斜视，而该"认真地"。

幸亏此处只有我……我坦率地想。

或许正因此刻的我处于没有美少年保护的状况之中，也或许正因为此刻的我完全孤立、站在哪怕坦白罪行也当不了证据的班级队列之中，沃野同学才暴露其平庸的本性，使出比开车撞人更加有效率的方式，以增加对我的威胁——幸亏只有我知晓他那平均性的本性。

这种毒辣的毒牙，没必要让那些好脾气的同伴，那些好心情的朋友知晓。

"只不过，跟其他的候选人一样，等待你的结果只有落选——那种问卷调查的结果，不过是把只能回答简单问题的老实学生当成样本罢了。压根不能发挥出我的本领——我的黑暗完全无法发光。"

"你什么意思……"

"我的意思是，大半的学生都像我这样。本来我把你也看作这类人——调查问卷、改革方针、署名活动，还有什么来着，政治思想之类的东西……这些玩意是不是麻烦又累人？但也没有讨厌这些制度讨厌到要反抗的地步，所以大家就聚在这里了，不是吗？"

"这样的人就是我的支持者。这样的人就是我的同伴。这样的人是我不可动摇的基盘。因为他们会选择跟自己相似的候选人。他们要选一个看上去不会给人很大压力的人。站在台上喋喋不休的家伙没注意到，他正以一种高高在上的眼神俯瞰大家。他越是如此空谈理想，我们就越不会跟随他。"

错了。

是这家伙让大家这样想的。

这就是沃野候选人的草根阶层选举活动——他支持率居高的理由，也是其他候选人支持率低下的理由。

剥夺选民权利的政治手腕。

存在感弱的人通常被形容为"空气"，但能够存在于任何地方的他压根不是什么空气，而是毒气。

冲其他候选人亮出毒牙，又朝选民散布毒气。

他这是执着于降低学园选举本身的存在感吗？我明白沃野同学低调竞选的策略了，搞不好他根本没进行任何选举活动。

我只是碰巧作为候选人兼当事人参加了选举，否则就会像沃野同学所说的那样，单纯地把投票当作学校的某项制度罢了。

转头就会忘记自己投给了什么人。

假如没有意外发生，我应该会投票给长绳。投票理由大概是"不用多想，这样很轻松""保持现状就很好"之类的……我之前连学生会执行部和学园方面在教育方针等内容上有过意见冲突都不知道。

因为这样太累人了。

大家都会对此视而不见，也许心里清楚，表面却佯装什么都不知道吧。

"你能走到这一步真的很了不起，但现在一切也该落幕了。现任学生会会长发表应援演讲之时，就是你败选的时刻。之前他们一直在暗中支持你也就算了。当权力

者彻底站出来支持你的瞬间，你就输了。如果你想赢我
的话，你就应该隐瞒自己是长绳替代者的事。如果你不
是单纯想在调查问卷中获胜，而是想在选举中获胜的话，
就该跟我一样，不要让'特权阶级'来为你做应援演讲，
而是拜托一个'无须客套的朋友'来做。"

"我并没有什么'无须客套的朋友'……"

"嗯？"

"我有的是……"

"值得信赖的伙伴们"——刚想说出这句话，主持
人的报幕的声音响起了，现任学生会会长咲口长广即
将登台演讲——以"为瞳岛眉美应援演讲"为名的精彩
演讲。

明明是展示个性的演讲，但已经被毫无个性的制度
给毁了个干净——万事休矣。

哀莫大于心死的情绪涌上，我想要闭上眼睛。

然而，就在此刻，我突然睁大了双眼。

一步一步踏上台阶，悠然登上讲台，并非将头发
散开、摆出"学生会会长模式"的咲口前辈，而是一个
毫无印象的女生。

毫无印象的女生？

不，不对，印象还是有的。

严格说来，对方并不是女生。

这人登上讲台，将事先准备好的麦克风取下，握在手里。全校学生的目光集于她一身——她也丝毫不畏惧，她还挺胸抬头，以视线回应众人的注视——这个女生，不对，是男生……

竟是美少年侦探团的团长。

扮作美少女的美少年，双头院学。

这是他继潜入发饰中学的赌场之后第一次扮女装。话说，那个时候他也上台了。话说，为什么今天还要穿女装？这都不重要，为什么团长会在这里？

我因团长的突然登场而哑口无言。无语的也不止我一个。此刻突然登场的"女生"甚至都不是初中部的，别说现任学生会会长了，就连整个演讲过程中一直叽叽喳喳的听众们也全部鸦雀无声。

沃野同学隐于喧闹声中、低语般的带毒话语也跟着停止，毒气的喷射随即停滞。面对事先无兆又突如其来的人，一向没有个性的他恐怕也会忍不住大吃一惊吧。

　　团长面带恶作剧般的笑容，眼睛闪闪发亮。面对众人惊讶的反应，他用变声期前的男高音，不分场合地、开开心心地扯着嗓子喊了句"各位请安静！"——那声音完全不输"美声"本尊。

23. 应援演讲

"各位请安静，请听我一言！哈哈哈哈！

"怎么说呢，诚如各位所见，我并不是长广——我不是学生会会长咲口长广。谢谢主持人的介绍，需要说明的是，是我硬要代替咲口长广上台的。

"无论如何……

"无论如何，我都想为眉美同学进行应援演讲——这种坐立不安的心情，诸位懂吗？

"这场应援演讲希望可以让大家懂得这种心情。

"当然，我并不是特别想要支持她来做这个初中部的学生会会长。如果这样说不好的话，那就改为'只要是眉美同学做的事，我都想要全力支持'好了。

"我是谁？这点不重要。

"虽说我喜欢自报家门，但也深知谦虚的美德。今天的我谁都不是，我只想站在朋友的立场，将她介绍给大家。

"如果可能的话……

"希望你们也能支持她。

"第一次跟她相遇，是在校舍的屋顶上。

"她曾是一个寻找星星的少女。

"她一直在寻找仅在十年前见过一次的暗黑星。哪怕很多人说'根本没那种玩意'，哪怕失去周围人的理解，她依旧坚持不懈地仰望星空。

"我认为那样的她很美。

"我打从心底认为她很美，她那双持续注视着不存在的星星、专心致志仰望星空的眼睛，很美。

"哪怕最后确认了那颗星星并不存在于夜空中，她那双眼睛中的光芒仍未消失。

"寻梦很美。

"但放弃梦想，同样很美。

"瞳岛眉美如同一颗星星，持续光辉闪耀。

"某次，她意外获得了一大笔钱，一大捆钞票莫名其妙飞进她的怀里。这种事听起来虚无缥缈，但任何人都遇到过某种偶然事件。问题是该如何处理这种突如其来的幸运。

"这就是对人类的考验。

"她并没有将天上掉馅饼般的幸运私藏起来。这能看出她的道德感，也能看出她的伦理观，说是面对诱惑有自制力也可以。但我认为，她将大笔钱财退回去的行为，全都出于自尊心。

"并非面对诱惑有自制力，而是有美丽的自尊心。

"虽然得到了大笔金钱，但同时也意味着会失去更多——她是在进行了思考之后做出了这种选择，这证明了她并非'老古板'。她所直视的是未来。

"又或许说，她心如明镜，现在放弃这笔钱，将来会有更大的收获。总有一天会得到些什么，所以没必要觊觎眼前的不义之财。

"也不能总是夸她，我也说说眉美同学和朋友吵架的事吧。她并非完人，也曾让同伴十分生气——我真希望可以讲讲眉美同学最终认识到错误，坦率地向对方道歉的事情，可惜眉美同学不是那种会道歉的人。

"比起口头道歉，她更习惯以行动表现歉意。

"这种性格未必值得称赞，但也不算太糟糕。她做得不够好的地方，我们会提醒；我们做得不够好的地方，她也会指出。

"代为道歉这种行为，未免也太草率了。

"即便她不会为了自己而道歉，但若是为了我们，她肯定会出面道歉。

"但眉美同学也不是单纯地为同伴着想——她绝对不是只重视同伴、只喜欢自己人的人。

"她还会帮助那些讨厌自己、自己也讨厌的无赖——明知不会得到感谢，明知会被疏远，却不计得失——不对，应该说明知肯定会付出代价，她仍然帮助了恶魔。

"这种事就连我都做不到。

"话说，今年寒假她做了件我绝对做不到的事。她是那种不计后果地去帮助他人的家伙——因为她的想法，我们付出了巨大的代价，但她毫不在乎。

"这让我很高兴。

"她理所当然地认定我们会给予帮助，这让我很高兴。那个任何事都想靠自己来解决的她已经不见了，这也让我很高兴。

"我们喜欢别人对我们撒娇。

"我们非常喜欢眉美同学。

"所以只要她努力，不管什么事我们都会全力加以支持。我们希望能够全力支持她。假如眉美同学当选学生会会长，肯定开心又有趣。

"她并不完美。

"她肯定会犯错。

"她的问题也会不断暴露。

"真到了那时，我们保证会狠狠地训斥她。

"就像我受挫时，眉美同学会真心动怒那般，眉美同学出现问题的时候，我也会动真格地发怒。

"因为我们是一个团队。

"说到底，她想做的事不是做学生会会长我们也会支持——无论是攀登富士山还是横穿太平洋，哪怕飞向宇宙，只要是眉美同学想做的，我们都会成为她的力量。

"她唯一的问题在于她的自我评价实在太低了。直到现在，她都认为自己是被周围的人所推举，才勉为其难地当上了选举候选人。

"哪怕自己真的当选了，她也会认为这是因为现任学生会会长和退出的副会长为她做后援的关系。这让我很不高兴。

"所以，我希望能够告诉她……

"我希望能够告诉她的是，不要被外表所迷惑，不要被氛围所欺骗，不要被理想所蒙混，你可以看到真正的自己。我想要告诉她的是，你可以看到真正重要的东西。

"让我们见识一下你的厉害。

"假如各位早就有了自己中意的候选人了，那也没关系。如果眉美没有当选，大家就把我的'吹嘘'忘光吧。只不过，当投票结束后，还请大家多多了解重返普通学生身份的眉美同学，可以和她多多交谈，和她做朋友。

"以上！完毕！"

24. 尾声

简直是当众出丑！

当着全校学生的面，被处以连婚宴上都不会出现的捧杀之刑，还拜托别人"和她做朋友"！我只能转学了！

转学的话题先放一边，在这场捧杀之后，我不得不硬着头皮进行的那场地狱级别的个人展示秀，我结结巴巴，语无伦次，甚至在演讲中连个人方针都忘记陈述了。不用在意我这种低水准的最终演讲，当谜之美少女的应援演讲赢得雷鸣般的掌声和喝彩之后，选举结果其实已经一目了然了。

二年级 B 班的瞳岛眉美可喜可贺地成了下一任学生会会长——哎呀！不能转学了！

不知从何时开始，美少年侦探团的成员们做好了由团长而不是咲口前辈来进行应援演的计划……这肯定不是他们给我的小惊喜，这肯定是选举战略的一环。

所以团长才会以美少女的姿态出现。

如果说现任学生会会长直接进行应援演讲会为我招致反感，那么前任学生会会长，即传说中的学生会会长双头院踊，他的亲弟弟为我做应援演讲，恐怕也会产生同样的效果。

招致反感。

校园一霸不良学生、田径队王牌美腿同学、指轮财团公子哥儿天才少年，如果是这些人登台，情况皆是如此。所以才需要团长假扮"身份不明的女生"，匿名登台。

匿名是选举的基本。

不良学生好像说过这种话。

并且团长陈述的并非政策，而是人品。

他似乎认定谈论政策是候选人本人的分内之事，所以一个劲儿地表扬我这个伙伴——用炫耀的方式。

没错，与其说那通话是演讲，确实更像是"炫耀"……竟然能把我这样的恶劣之人夸成那样。但如果这些夸奖人的话不是由团长来说，那么这些话听起来可能只是一场充满个人情感的、不像话的演讲。

正因为团长只看到了我的优点，只发现了我的美丽之处，才能从心底夸赞我。

不可能没有影响。

不可能不扎心。

"你想多了，眉美同学。那全都是团长的即兴发挥。我当时只是简单地认为，让可爱又天真的女孩上台的话，能得到更多选票而已。"

前辈企图蒙混过关，但我认为，这是自己的继任者被拉下候选人名单的学生会会长，在最后关头向"D坂肇事逃逸犯"所报的一箭之仇。这应该是机密中的机密……为了不让计划泄露，甚至对我都严加保密。

说什么"简单地认为"，根本就是深谋远虑。

虽说不太可能全盘掌握各方战略，但演讲高手咲口长广仍旧清楚地认识到，眼下这个局面，自己不便出场，并采取了不做演讲的奇招。

不愧是你啊。

至于那个"D坂肇事逃逸犯"，也就是"和我同班的沃野禁止郎同学"……他甚至没听我那场当众出丑般的演讲，他自己也不曾登台，就这样从学生的队列中消失了。

团长上台演讲的时候，他就已经认输了。

肯定不是这样的。

对于没个性的他而言，最多就是觉得"情况变得不利，还是放弃吧"罢了——也可以说是"在品尝到败北的滋味之前先撤退"。

既然他能够在不知不觉间混入我们班，那么在全班同学都没察觉到的情况下突然消失应该也不是什么难事。

简单得就跟开车撞人一样。

我的奢华生活转眼就结束了。选举事务所宣告停业，美术室又变回了原先的侦探事务所，不再是我的暂住之地了。

我也跟桧风吕告别了。

再多住一段时间的话，说不定连电影院都有了，一想到这个，我多少有些舍不得；但老师说，我这段时间长期外宿，已经让我的家人担心到都要报警了。我怎么也不能跟父母说"你们女儿被肇事逃逸犯给盯上了"这种大实话吧，只能做个满嘴谎话的坏孩子了。

"那家伙到底是什么来头？不仅不是你的同班同学，甚至都不是指轮学园的学生，他到底是什么人？"

选举过后，美术室内举办了小型庆祝会。说是"小型"，桌上却摆满了美味佳肴。宴席上，不良学生理所当然地提出了这个疑问：

"仔细想想，都怪眉美给犯人加上了'D坂肇事逃逸犯'这个名称。这个名称让凶手的诡计变得难以理解了。搞到最后，我们还是没弄清对方的真实身份。"

"这不是在夸奖我的命名能力吗？"

"按照常理判断，他应该是学园方面为了精简课程而派来的'刺客'吧。他的行为还真符合'刺客'的字面意思啊。"

"与其说恐怖，倒不如说乱七八糟。感觉他还真能做到那种程度。我不是质疑小眉美的话，只是如果这种事是真的，我会讨厌成为指轮学园的学生的。"

说是"按照常理判断"，但除此之外也没有其他可能性了，总之最后的结论是，与学生会对立的指轮学园是沃野同学的客户，但正如美腿同学所言，整个事件仍然有着"这就是全部的真相了吗？"的疑问……我跟"刺客"有过直接的接触，我心里一直有这样的疑问："如果是学园雇了那种家伙，他们不怕这事不小心曝光的后果吗？"

但我又得不出其他的结论……

"无论如何，眉美同学，今后你在管理学生会的过程中，仍然会有很多需要留意的地方。辛苦的事都在后面。"

不说大家也明白。

投票结束之后，选举才真正开始。

说得更明白点儿，毕竟我只是代理的候选人，就算当选，也可以听命于咲口前辈，当一个傀儡会长。但当我听到团长为了我而进行的那场应援演讲后，在我看到同学们投给我的票数后，"当个傀儡会长"这种话我就说不出口了。

这可是大家一票一票投出来的。

这不是路上捡到大笔现金，也不是天上掉馅饼的幸运。

若对不起团长那场决定了我胜局的演讲，我才是真正的当众出丑。

我不想让信任我的人认为"自己可真没眼光"。就算是恶劣之人，也能成为闪闪发光的星星吧。

即使在光亮之中，我也要闪耀发光！

"我会尽力而为的，请各位给我力量。"

"嗯，在我参加毕业典礼之前，都会为你进行详细培训的。声音训练也要继续进行。"

疲劳的时候，还要继续帮我进行美容按摩哦——我看向天才少年，果不其然又被无视了。这位艺术家兼天才的后辈可能早就对我感到厌烦了，但我还是从他的面无表情中感受到了暗中的承诺。前辈自然而然地说出了"毕业典礼"一事，我无法无动于衷。

对啊。

再过几个月，前辈将要离开初中部——正如同学生会执行部要进行工作交接，美少年侦探团也不可能维持现状。若在校园喜剧中，或许会发生前辈延期毕业的剧情——但这也不是前辈一个人能说了算的。

美腿同学的那句"我会讨厌成为指轮学园的学生的"可能只是比喻，但不良学生的那句"我都不知道自己会不会去读高中"到底还是令人十分在意……至于天才少年，他还在上学，也显得很奇怪。

小五郎不可能永远都是小五郎。

　　如此说来，我也不能永远低着头。会不会有一天，我能再次仰望那片被我移开视线的夜空呢。

　　正是为了这个，我才加入美少年侦探团的，不是吗？

　　不能总是像现在这样。

　　我曾打扮成男生的模样去上学。

　　我曾每天都在学校里做料理。

　　我曾被揶揄成萝莉控，对小学生嗲声嗲气地说话。

　　我曾一年到头都穿短裤。

　　我曾是个装腔作势、沉默寡言的艺术家。

　　我曾通过侦探游戏来学习。

　　为了有朝一日能够这样含羞地诉说过去，我们必须活在总有一天会成为回忆的现在。

　　必须美丽地活着。

　　"诸位，能把小满榨的橙汁给我吗？大家一起为眉美同学美丽的胜利而干杯吧——Cowabunga！[1]"

1　Cowabunga（カワバンガ）起源于19世纪60年代冲浪运动，在实现一个高难度动作后，高喊这个词祝贺成功。在日语中的近义词是"太好了""太棒了"。

穿着女装就跑来参加庆功宴的团长如此喊着，大家
应和着他的话，举起了手中的玻璃杯——为无可替代的
"现在"干杯！

为了只存在于现在的"现在"。

正因为此时是"现在"。

25. 序幕

平安出院的长绳理所当然地出任了副会长，根据她的建议，新一届学生会迅速组建完成，新的学生会执行部正式开工。

就在此刻，一束祝贺的鲜花送到了学生会办公室，收件人是被巨大的工作量折磨得心力交瘁的我。

花束之巨大，甚至让我怀疑自己是不是在不知不觉的时候获得了芥川奖。送花人没有署名，但在花束中藏了一部手机——儿童专用手机。

尽管跟前辈分配给我的手机机型不同，但有一个共通点，那就是手机画面不会刺痛我的眼睛。

我恍然大悟，试着按下了第一个快捷键。电话很快接通了。

"喂。"

"喂，我是发饰中学的学生会会长，札规谎。"

果然是他。

还是老样子，是花花公子会做的时髦事。

"恭喜你就任学生会会长。我也曾暗中支援过你哦，瞳岛。"

"对立中学的学生会会长怎么那么快就来打招呼了，札规同学？"

"嗯，也有这个缘故。我跟咲口前辈的关系不怎么好，于是就想着一定要跟瞳岛搞好关系。无论台面上还是私下里。"

手机就是我送上的贺礼。对方轻快地说。

他是想建立两位学生会会长之间的专用热线电话吗……耶，拥有了两部喜欢的手机！两部还都是儿童专用的。

这应该不单纯是手机，万一是炸弹该怎么办？

无论台面上还是私下里——是吗？

没错。

成为指轮学园初中部的学生会会长，同时也意味着要和这个跟自己完全不一样的男生、这个初中二年级就运营了非法赌场的恐怖之人、"流氓美人队"的队长正面较量——无论台面上还是私下里。

"你刚刚说……'也有这个缘故'？你还有其他事情？"

"没错。那个'D坂肇事逃逸犯',也就是沃野禁止郎,他的真实身份,你不想知道吗?"

消息真够灵通的。

明明不是自己学校的事,但他不仅连选举结果,就连内情都掌握了——但想都不用想,我的回复是:拒绝。

作为有本事跟犯罪集团"二十人"联系的万事通,札规同学能够掌握沃野同学的情报,完全不奇怪,但我一点儿都不想知道那个没个性的人的真实身份。

完全不想知道。

"这事必须让你知道。把那个刺客安排进你们学校的并不是指轮学园的人,这点瞳岛也隐约察觉到了,对吧?"

札规同学直截了当地说道。

仿佛新游戏早已开始。

"沃野禁止郎是为了达成从内部破坏指轮学园的目的,才被送过来的刺客。事态远比你们所想的严重。我们并非处在对立的立场,瞳岛。不论是身为新任学生会会长,还是身为美少年的侦探团的成员,你都应该接受我的邀请——不仅为了得到'没个性'的情报,也为了保卫学园不受'没个性'那家伙背后势力的侵害。"

后　记

　　所谓"才能"是无法单独存在的，只有得到了周围人的称赞，才能被称为"才能"。举例来说，如果某个高手一年能打出一百个全垒打，那当然很厉害；但前提是，棒球必须广泛普及并成为一项体育项目，全垒打才能存在，假如规则规定"打出全垒打就要扣一分"，全垒打之王一辈子都成不了主力。当某人打出全垒打，观众却没有高举双手、大加称赞的话，无论他打出的是如何惊为天人的全垒打，都感觉跟挥了空棒没两样。当人们发现了隐藏的名作时，常常会下意识地想"这支潜力股的价值要是只有我知道就好了"。但那些只有某个人才知道的价值，是不足以为世人所知呢，还是被迫埋没的呢？让这份价值被埋没的社会是否也有过错，真是个令人烦恼的问题。实际上，"虽然我不懂，但大家都说好，那就是好"的价值如果得不到很好的认可，也总有地方会不合逻辑。尽管这样一来，也会冒出类似"你说的'大家'

都是哪些人"的问题，答案应该是"就是有很多人啊"。

这就是美少年侦探团系列第六部的故事。从系列第一部《美少年侦探团：只为你而闪亮的黑暗星》开始，作者就一直在想"咲口长广这孩子到底要做多久的学生会会长呢?"，写到这一部，他终可以急流勇退了。身为作者，也着实松了一口气。不过，让眉美当学生会会长的候选人，并成为长广的继任者，这样的剧情展开，作者本人之前是完全没有想过的。经常听人说"角色会自己行动"，而"角色会自说自话地变成恶劣之人"这种事，也是我的初次体验，所以写得很开心。假若各位读者也能读得开心，就是给我最好的回馈了。请各位带着这样的感觉给眉美投上干净的一票吧! 这就是美少年侦探团系列的第六部《D坂的美少年》。

封面是美观眉美、美腿飙太和美声长广三人组。感谢插画师黄粉老师的创作。在黄粉的描绘之下，恶劣之人瞳岛眉美得以维持体面。故事还将继续，敬请期待后续的进展吧!

西尾维新

沃野禁止郎

插画：黄粉